Sawatari
&
Makino
「欺かれた男」

「私はあなたが好きだと言ったはずです。なのに、なぜ他の女と寝るっていうんですか?」
壁に両腕をついて沢渡の退路を断ってから、槙野が低く問いかけてくる。
(「欺かれた男」P.87より)

Chara

欺かれた男

英田サキ

キャラ文庫

この作品はフィクションです。
実在の人物・団体・事件などにはいっさい関係ありません。

目次

口絵・本文イラスト／乃一ミクロ

欺かれた男

1

「お引き取りください」

　女性は強ばった顔でドアを閉じようとした。

「待ってください、奥さん。何か思い当たることがあるなら、話してもらえませんか？」

　沢渡喬《さわたりたかし》は強く訴えた。こんなやり取りを、もう何回繰り返したのかわからない。

「あなたも本当にしつこい人ですね。何度も言ってますが、お話しすることはありません」

　何度拒絶してもしつこくやって来る男に、ほとほと困り果てている様子だった。彼女の憔悴《しょうすい》した顔を見ていると、沢渡もひどいことをしている気分になってくる。だが引き下がることができない。真相を知るまでは、どうしても諦《あきら》めがつかないのだ。

「あの人は生前、奥さんに何か言ってませんでしたか？　些細《ささい》なことでもいいんです。あなたに悩みを打ち明けたり――」

「もうやめてくださいっ。お願いだから放っておいてください。主人は自殺したんです。事件でもないのにどうして刑事のあなたが、そんなにも必死になって自殺の原因を知りたがるんですか？　はっきり言って迷惑です。もう帰ってちょうだい」

うんざりしたような口調で言い放ち、女性は強くドアを閉めた。

沢渡は玄関先で小さな溜《た》め息《いき》を落とし、ズボンのポケットに手を突っ込んだ。今日も空振りに終わった。何度足を運んでも、彼女の頑なな態度は変化しない。

仕方ないと言えば仕方ないだろう。事件性のない人の死をあれこれ詮索《せんさく》するのは、褒められたことではない。残された家族の気持ちを傷つけているということも、嫌と言うほど承知している。

わかっているが放っておけないのだ。迷惑だと知りつつも、あの人を死に追いやった原因が知りたくてしょうがない。それは刑事ではなく、ひとりの人間としての強い想いだった。

「あ、いたいた！」

非常階段の踊り場で煙草《たばこ》を吸っていると、同じ盗犯係の石丸克也《いしまるかつや》がドアを開けて出てきた。

「沢渡さん、もう見ましたか？」

石丸は階段を軽やかに駆け下りてきた。沢渡よりも五歳年下の二十八歳で、みんなからはマルと呼ばれている。この春、刑事になったばかりの元気な青年だ。黒目がちの愛嬌《あいきょう》のある顔を見ていると、子供の頃に飼っていた柴犬を思いだす。

「うー寒い。こんなところで、よくのんびり煙草なんて吸えますね」

吹きつけてきた冷たい風に、石丸は大袈裟《おおげさ》に首をすくめた。沢渡とて別に好きこのんで、こんな寒空の下で煙草を吸っているわけではない。冨美乃《ふみの》署は署長のお達しで、先月から取調室を除いて全面禁煙になったのだ。

「もう覚悟を決めて、禁煙すればいいのに」

非難がましい声で言われたが、沢渡は受け流すように短い髪をひと撫《な》でし、携帯灰皿の中に煙草の灰を落とした。

「できるものなら、とっくにやめてるさ。……で、マル。見たってなんの話だ？」

沢渡が話を戻すと、石丸は大声を上げた。

「あ、そうだったっ。キャリアの若い警視ですよ！　俺よりひとつ年上の二十九歳ですって。さっき署長と一緒に一階で挨拶《あいさつ》してるのを見ましたから、そろそろうちにも来ますよ。早く戻りましょう」

目を輝かせる石丸を一瞥《いちべつ》し、沢渡はフゥと煙を吐き出した。

「ああ、そういや本庁からキャリアが来るって言ってたな。今日だったのか」

どうでもいい気持ちが声にも滲《にじ》み出ていたのだろう。石丸はがっかりしたように眉根を寄せた。

「みんな興味津々《しんしん》だっていうのに、沢渡さんはまったく関心ないんですね」

「どうせすぐにいなくなる相手だろう。それに現場の俺らと接点もないだろうから関係ない」

「そうでもないみたいですよ。そのキャリア、なんでもうちの刑事官になるらしいです」

沢渡が怪訝《けげん》な顔で「刑事官？」と呟《つぶや》くと、石丸は得意げに頷《うなず》いた。

「うちにそんなポストないだろう。どういうことだ」

「さあ。……ところで刑事官ってなんなんすか？　えらいんすか？」

石丸が知らなくても当然だ。刑事官は刑事課と生活安全課を総合的に統括する幹部で、普通は大規模の一部の所轄署にしか存在しない。

「えらいだろ。所轄なら署長、副署長に次ぐ立場だからな」

「え、じゃあ、うちの霜田《しもだ》課長よりも上なんですか？」

「当たり前だ。課長は警部だろうが。あっちは警視なんだから、階級からして向こうのほうが上じゃないか」

あまりにも当たり前のことを聞くから呆《あき》れてしまった。

「あ、そうですね。ということは、あの若さで課長の上司なんだ。キャリアって本当にすごいですねぇ」

　感心したように石丸が目を丸くする。頭ではわかっていても自分と年の変わらない青年が、上司より立場が上という現実をすんなり呑み込めないのだろう。

　キャリアの突然の赴任は、署内全体でずっと噂《うわさ》になっていた。強い関心が寄せられるのは、ある意味仕方のないことだった。

　冨美乃市は東京《とうきょう》郊外に位置する、人口が十万にも満たない小さな市だ。凶悪犯罪も滅多に起こらない。街中はもちろんだが、署内ものんびりしたムードに覆われている。恐らく冨美乃署にキャリアが来るのは、これが初めてだろう。

「沢渡さんが新宿《しんじゅく》中央署にいた時は、やっぱキャリア組とも一緒に仕事していたんでしょう？　すごいですよね」

　石丸に他意がないことはわかっていたので、沢渡は「そうでもない」と軽く流した。

「あそこは都内一のマンモス署だからキャリアも来たけど、大体は署長か副署長のポストで赴任してくるから、一緒に仕事をするって感覚はなかったな」

「へー。そうなんですか」

　石丸はそんな説明を聞いても変に思わなかったらしい。鈍い奴だとまた呆れた。

　最近はキャリアにも、できるだけ現場を体験させようとする流れもあると聞いているが、それでもこんな小さな所轄署への異動は、極めて異例の人事だろう。

警察大学を出たてのキャリアの研修ならともかく、警視にもなれば全国各地の県警本部の部課長クラスが妥当だし、都内の所轄署なら署長か副署長待遇が普通だ。なのに、こんな小さい所轄署に来るキャリアの警視に用意されたポストが刑事官というのも明らかにおかしい。

――わけありか。

そう胸の内で呟き、沢渡はしゃがんでコンクリートで煙草を揉《も》み消し、潰《つぶ》れた吸い殻を携帯灰皿の中に放り込んだ。


「槙野《まきの》一央《かずひさ》と申します。どうぞよろしくお願い致します」

刑事課のフロアに立った背の高い男が、皆に向かって軽く一礼した。

「槙野警視は刑事官として、これから刑事課と生安課を指揮することになる。皆、くれぐれも失礼のないようにな」

冨美乃署の署長である尾木《おぎ》は、集まった署員ににこやかな顔を向けた。尾木は温厚な雰囲気をまとった恵比須《えびす》顔《がお》の男だが、今日ばかりは浮かんだ笑みもどこかぎこちない。本庁からの大事な預かりものを前にして、さすがに緊張しているのだろう。貫禄《かんろく》のあるせり出した腹も、心なしかいつもより引き締まって見える。

「素敵……」

小さな呟きが聞こえた。隣を見ると内勤職員である刑事課の紅一点、浅田三奈《あさだみな》の頬《ほお》がうっすら赤くなっていた。感心するほどわかりやすい反応だ。

警視庁からやって来たキャリアの警視は、整った容姿を持つ男だった。身長はおおよそ百八十五センチ。上背があるだけではなく肩幅も広く、足も長い。さらに姿勢もいいので、高級そうなスーツがビシッと決まってさまになっている。

沢渡はなんとなく正反対の我が身を振り返りつつ、ゆるめたネクタイの首筋を指先で掻《か》いた。吊しの安物スーツを着ている自分とは大違いだ。ちなみにネクタイも特売で買った一本千円の安物だ。

若きキャリアは顔も悪くなかった。いや、正しくは悪くないどころか、滅多にお目にかかれないほどの美形だ。シンプルなシルバーフレームの眼鏡《めがね》をかけているが、端整な顔立ちにはよく似合っていて、ある種の気品のようなものさえ漂っている。きっと銀のスプーンを咥《くわ》えて生まれてきた人種なのだろう。

「霜田課長は署長室に来てくれ。槙野刑事官とお茶でもご一緒させていただきながら、ゆっくり自己紹介するといい。刑事官は所轄の仕事には不慣れだから、今後は君がいろいろサポートすることになる」

がっしりした体型の霜田が、これまた緊張した顔つきで「はい」と返事をした。強面《こわもて》の刑事課課長はとんでもないお荷物を押しつけられたと、内心では胃が痛む思いでいるはずだ。

「ああ、そうだ。今度のソフトボール大会、みんな必ず参加するように。普段からしっかり懇親を深めておかないと、仕事でもいいチームワークは発揮できないからな」

その場に居合わせた署員たちは、一様に愛想笑いを浮かべて頷いた。尾木の懇親好きは今に始まったことではない。何かにつけ懇親を理由にしては、署員を宴会やレクリエーションに参加させるのだ。

「では槙野刑事官。署長室に参りましょう」

「はい」

頷いて槙野が足を踏み出した時だった。椅子《いす》のキャスターに槙野の爪先が引っかかった。

「あ……っ」

槙野は派手にバランスを崩して、ものの見事に転倒した。騒がしい音を立てて椅子まで一緒に転がっていく。

「ま、槙野刑事官っ、大丈夫ですかっ？　お怪我はないですか？」

床に大の字で倒れ込んだ槙野を、尾木が血相を変えて抱え起こした。

「だ、大丈夫です。……あ、眼鏡。私の眼鏡はどこですか？　眼鏡がないと、まったく見えないんです」

槙野が床を這《は》いながら周囲を手で探りだした。沢渡は自分の足もとに眼鏡が転がっているのに気づき、しゃがんで拾い上げた。

「ここにあります。どうぞ」

差し出すと槙野はひったくるような勢いで奪い取り、急いで眼鏡をかけて立ち上がった。沢渡の身長は百七十八センチなので、並ぶと槙野の目線のほうがやや上になる。

「……ええと、沢井《さわい》さん？」

「沢渡です」

「ああ、そうでした、沢渡さん。ありがとうございます」

沢渡の顔を見ながら槙野が礼を言った。目が合った瞬間、かすかな違和感を覚えた。その違和感の正体がなんなのか考えたが、答えが出ないうちに尾木が割り込んできた。

「槙野刑事官、早く行きましょう」

キャリアの威厳など欠片《かけら》も感じられない姿に慌てた尾木は、槙野の背中を押しやるようにして、刑事課のフロアからそそくさと出ていった。我に返った課長の霜田も、すぐふたりのあとを追う。

上司たちがいなくなると、いっせいに失笑が漏れた。

「なんだ、ありゃ。全然使えそうにねぇな」

真っ先に口を開いたのは、強行犯係の丸井《まるい》という刑事だった。沢渡より三歳年上の丸井は、名は体を表すではないが小太りで身長が低く、どこかドングリを思わせる体型の男だ。

「本庁にいたキャリアの警視っていうから、どんなすごいのが来るのかと思っていたけど、あんな青二才とはな」

丸井の相棒の須山《すやま》という刑事が反応を返した。こっちは丸井とは対照的に痩《や》せていて背が高い。丸井と並ぶとデコボココンビという感じで、妙なコミカルさがある。

「いかにも、僕はお勉強しかできませんって顔してるよ」

丸井が「そういやよ」とみんなの顔を見回した。

「小耳に挟んだんだけど、あの槙野刑事官、本庁でとんでもないポカやらかしたって話だぜ」

沢渡は転がった椅子を起こしながら、そういうことかと納得した。槙野の突然の異動は、何かのミスに対するペナルティみたいなものなのだろう。一時的な措置として、大事件が起こりそうにない平和な所轄署で反省させ、ほとぼりが冷めたらすぐ呼び戻す。だから富美乃署の人事を動かさずに済むよう、急場しのぎに刑事官というポストを設置して、そこに据えたのだ。

「それでうちみたいな小さい所轄に飛ばされたのか。まあ、どうせうちには一年もいればいいとこだろう」

「押しつけられた署長は、たまったもんじゃないだろうな。何かあったら自分の責任だし」

刑事たちは口々に好き放題言っているが、沢渡もおおむね同感だった。しょせんキャリア組など自分たちには縁がない雲の上の存在だ。こちらはしがない地方公務員。向こうは国家公務員。待遇にも雲泥の差がある。

ノンキャリアの刑事は巡査から階級をスタートさせ、何年もかけて、しかも昇任試験に合格することで昇進していく。階級は下から巡査、巡査部長、警部補、警部、警視、警視正、警視長、警視監、警視総監とあるが、ノンキャリアはせいぜい警部補まで行ければいいほうだ。

それに比べてキャリアは、警察庁に入庁した時点ですでに警部補。その後は警察大学校で勉強したり、警察庁に勤務したりしながら、入庁七年目にはいっせい昇進で警視になってしまう。十年ほど前までは入庁四年目で警視になっていたが、早すぎる昇進に指揮官としての資質が追いついていないことが問題視され、制度が見直しされたのだ。

多くのノンキャリアが一生かかっても辿《たど》り着けないような場所から、本当の警察人生をスタートさせるキャリア官僚は、はっきり言って別世界の人種だった。

「なんか期待外れでしたね。もっとすごい人が来ると思ったのに」

隣で石丸が落胆したように言った。

「そう？　格好いいじゃない。いかにもエリートって感じで素敵」

石丸のぼやきを聞きつけ、浅田三奈が反論した。

「ええ？　どこが格好いいんだよ。眼鏡、眼鏡って、アワアワしちゃってさ」

「あんなのご愛嬌よ。誰だって転ぶことくらいあるでしょ」

三奈が唇を尖《とが》らせると、石丸は不満そうな表情で黙り込んだ。石丸は三奈に気があるので、他の男を褒められ面白くないのだ。

「ね、沢渡さん。沢渡さんは槙野刑事官に、どんな印象を持ちました？」

三奈にいきなり尋ねられて沢渡は困惑した。強いて言えば眼鏡の似合う男前だな、というくらいの印象しかない。だから「別に」と答えたのだが、丸井が含みのある笑いを浮かべた。

「キャリアなんて屁《へ》でもないってか？　新宿中央署でブイブイ言わせてたデカは余裕だな。またキャリアをぶん殴ったりすんなよ。今度はもっとド田舎の派出所勤務にされるぞ」

沢渡は無言で丸井を見つめた。純粋にただ見ただけだが沢渡は表情が乏しいので、丸井はにらまれたと思ったらしく、急に笑いを引っ込めて目をそらした。

場が白けたところで、それを合図のように皆それぞれの席に戻っていった。

こういうことがあるたび、自分はまだこの署に馴染めていないと痛感する。ここへ異動になってもうすぐ一年になるが、口下手の沢渡が気兼ねなく話せるのは、新米の石丸くらいのものだ。上司や他の同僚は皆、沢渡のことをどこか胡散《うさん》臭そうに見ている。

新宿中央署でトップの検挙率を上げ、警視庁への異動が決まっていたのに、キャリアの警視を殴ってしまい、最低ランクの所轄署に飛ばされたデカ。ぶっきらぼうで協調性もなく、愛想笑いのひとつもできない嫌な男。

それが沢渡という男だった。すべて間違いのない事実なので、否定する気もなかった。

「――沢渡。ちょっと」

自分の机でデスクワークをこなしていると、課長の霜田に呼ばれた。

また小言だろうと覚悟しながら霜田の机に近づいた。霜田とは赴任当初からそりが合わない。誰に対しても同じ態度を取る沢渡を、生意気な奴だと疎ましく思っているのだ。

「今から署長室に行く。お前も一緒に来い」

「俺も……？　どうしてですか」

理由を尋ねたが、霜田は硬い表情で「いいから来るんだ」と言って立ち上がった。沢渡はわけがわからないまま、霜田のあとに続いて一階に下り、一番奥の署長室へと向かった。

署長室には署長の尾木だけではなく、副署長の川村《かわむら》もいた。嫌な予感を覚えながら、勧められるまま革張りのソファーに腰を下ろした。

「ああ、来たか」

「沢渡くん。君は最近、椙下《すぎした》くんの家に何度も立ち寄っているそうだな」

向かい側に腰を下ろした尾木が、困ったような表情で切りだした。その隣に座る川村は、尾木とは対照的に痩身《そうしん》の男で、いつも小難しい顔をしているが、今日はひときわ険しい表情を浮かべて沢渡を見ている。

「一体、どういうつもりかね。君は椙下くんと親しかったわけでもないんだろう?」

「お線香を上げたくて、お邪魔しているだけです」

椙下というのは冨美乃署の総務主任だった男だが、一か月ほど前に自宅で首を吊って自殺した。尾木の言うとおり、沢渡はここ最近、椙下の家に何度か足を運んでいる。

「それだけじゃないだろう」

川村が厳しい声で割って入った。

「うちの家内が、椙下くんの奥さんの浅子《あさこ》さんから相談を受けたんだよ。沢渡という刑事が何度も家にやって来て、主人のことをしつこく聞いてくるので困っていると。君は椙下くんの自殺の原因を知りたがっているようだが、一体どういうつもりなんだ？」

「俺はただ椙下さんが、何を悩んでいたのか知りたいだけです」

「興味本位で人の死を弄《もてあそ》ぶのはよしなさい」

「そんなつもりは――」

「沢渡」

今度は霜田が苛立《いらだ》ったように言葉を挟んだ。

「お前、もしかして椙下くんの奥さんに、よからぬ感情でも持っているんじゃないのか？　奥さん、まだ四十前だろう？　それに結構きれいな人だしな」

さすがにそれは予想外の言葉で、沢渡は強い怒りを感じた。

「馬鹿なことを言わないでください。俺は変な下心なんて持ってません」

「お前にその気がなくても、まわりはそう思う。亭主のいなくなった家に若い男が出入りすれば、近所でよからぬ噂も立つ。少しは奥さんのことも考えてやったらどうなんだ」

沢渡は黙り込んだ。決して変な気持ちから椙下の家を訪問していたわけではないが、そういう言い方をされると返答に困ってしまう。

「私は沢渡くんのことを信じているよ」

尾木が声音を和らげて、慰めるような目つきで言った。

「君は相下くんの死を残念に思ってるんだろう？　それは私だって同じだ。私は真面目な彼のことを心から信頼して、ずっと可愛がっていたからね。ここにいる川村くんも霜田くんも、相下くんとは個人的に親しかった。みんな心から無念だと思ってるんだよ」

川村も霜田も神妙な顔で、同意するように小さく頷いた。確かに相下は署長たちと懇意にしていて、よく一緒にゴルフに出かけたり、酒の席にもつき合ったりしていた。その事実は沢渡も知っている。

「とにかく、これ以上は奥さんに迷惑をかけちゃいけない。それに君だって変な噂が立てば、将来にも差し障りがある。もし監察にでも目をつけられたら、大変なことだよ？」

監察とは警察内部を取り締まるセクションで、警察官の不正を調査したり処罰を与えたりする部署だ。監察に目をつけられるということは、すなわち警察人生を絶たれることを意味する。

「とにかく、相下くんの家にはもう行かないように。これは署長命令だ」

本当に心配なのは相下の妻の心労でも沢渡の将来でもなく、自分たちの保身なのだろうとわかっていた。部下の不祥事は上司の責任になる。

「沢渡。返事は？」

霜田に急かされ、不承不承ながら頷いた。

「わかりました」

「そうか。安心したよ。……ところで沢渡くん。君に頼みたいことがあるんだ。槙野刑事官のことなんだけどね」

不意に槙野の名前が出てきて、沢渡は身構えた。

「刑事官、実は君と一緒のマンションに入居されたんだよ」

「官舎には入られなかったんですか？」

「ああ。独身寮への転居を勧めたんだが、もう引っ越し済みだから結構ですって、あっさり断られた。参ったよ」

その先はなんとなく予想がついたが、沢渡は尾木の次の言葉を待った。

「それでね。君に折り入って頼みがある。刑事官の世話係になってくれないか？」

やっぱりだ。内心では冗談じゃないと思ったが、さすがに口にはできない。

「刑事官はこの街のことは、まったくわからないだろう？　買い物ができる場所とか、安心して酒が飲める店とか、刑事官の要望にお応えして案内してほしいんだ。それと、こういう言い方はなんだが、問題が起きないよう身辺にも気を配るというか」

ついでのように言うが、そっちが本題なのだろう。将来あるキャリア官僚が変な場所に出入りしたり、水商売の女に引っかかったりしないよう、しっかり見張れということだ。本庁からの大事な預かり物は、何があってもきれいな身体のままで返さなくてはいけない。

「引き受けてくれるな？」

意思確認ではなく承諾の返事だけ求められ、沢渡はうんざりした。どんなに嫌でも、どうせ最初から自分に拒否権はないのだ。

「わかりました」

「助かるよ。……それとわかっていると思うが、くれぐれも失礼のないようにな」

君には前科があるんだから――。とまでは口にしなかったが、尾木の目はそう言っていた。

「署長、そろそろ竹ノ屋《たけのや》に参りましょう。総務課長と槙野刑事官が向こうでお待ちです」

川村の言葉に尾木は「ああ、そうだったな」と鷹揚《おうよう》に頷き、沢渡に視線を戻した。

「沢渡くん、頼んだよ。もう下がっていい」

「はい」

沢渡がドアを開けた時、尾木が思いだしたように後ろから声をかけてきた。

「ああ、そうそう、沢渡くん。月末のソフトボール大会は君も出なさい。君はいつも都合が悪いと言って署の行事に参加しないが、そんなんじゃ駄目だよ。自分から積極的にみんなの輪に飛び込んでいかないと」

尾木は諭すような優しい声音で、「いいね？」とつけ足した。

仕事を終えて冨美乃署を出た沢渡は、スーパーに立ち寄り夕食の材料を買い込んだ。買い物カゴに適当な食材を放り込みながら、面倒なことになったと吐息を漏らす。

これではなんのために、わざわざ自分でマンションを借りて暮らしているのかわからない。霜田に嫌みを言われながらも独身寮に入らずにいるのは、私生活に仕事の垢《あか》を持ち込みたくないからだ。

冨美乃署はよく言えばアットホーム、悪く言えば閉鎖的だ。署長を中心にして、やれ花見だ、やれ親睦野球大会だと、仕事以外でのつき合いを強要される。沢渡は適当な理由で参加しないことが多く、そのせいで風当たりもきつかった。

もともと人づきあいは苦手な性格だ。愛想笑いを浮かべようとすると顔が引きつるし、お世辞を言おうとすれば言葉につまる。周囲の人間と上手くやっていきたいと思っているが、もうこの歳になってしまうと自分はそういう男なんだという諦めが先立ち、徒労に終わるとわかっている努力は虚しくて、段々とできなくなってきた。

世渡りが下手で出世できないなら、それで構わないじゃないか。仕事だけ一生懸命にやればいい。そんなふうに達観してからは、随分と気持ちも楽になった。

署内では孤立しているが、幸い今コンビを組んでいる石丸とはうまが合う。一生、巡査部長のままでもいいから、このまま平穏な生活が送れれば十分だと思っていた。それなのにキャリアの子守なんて冗談じゃない。私生活まで面倒を見なくちゃいけないなんて、考えるだけで気が滅入る。本当に厄介なことになってしまった。

歩いて十分ほどで、自宅マンションに到着した。なんの変哲もない、築十五年のどこにでもある平凡なマンションの、四階の一番端が沢渡の住まいだった。

エレベーターを降りて薄暗い廊下を歩いていく。おや、と思った。自分の部屋の前に誰かがいた。手すりに腕を載せて立っている。

すらっとした身体つき。長い足。端整な横顔。沢渡を思い悩ませている当の本人、槙野一央だった。

「槙野……刑事官？」

呼びかけると槙野は振り向いた。

「あ、沢渡さん。お帰りなさい」

「どうされましたか？」

「さっきまで署長や副署長と一緒に飲んでいたんですが、その時に困ったことがあったら、同じマンションの沢渡さんに相談するよう教えられまして」

つまり、早速困ったことがあったというわけだ。初日からこれか、と呆れてしまう。

「何かあったんですか」

「実は、お湯が出ないんです」

槙野は深刻な顔で呟いた。

「……お湯、ですか？」

「はい。給湯器の故障のようです。管理会社に電話したら、修理は明日以降になると言われてしまいました。ほとほと困り果てて、それで沢渡さんのところに来たというわけです」

ひと晩お湯を使えないことが、そんなにも困るようなことなのだろうか？

「それで俺に何をしろと？　給湯器の修理はできませんが」

「いえ、そうではなくて。大変、不躾《ぶしつけ》なお願いで恐縮なんですが、もしよかったら、沢渡さんの家の風呂をお借りできませんか？」

「ああ、そういうことですか」

そんなことか、と拍子抜けした。それなら最初からそう言えばいいのに、回りくどい男だ。

「構いませんよ。使ってください」

「ありがとうございます。では私は着替えとタオルを持ってきます」

槙野は嬉《うれ》しそうに軽く頭を下げて、小走りに去っていった。後ろ姿を見送りながら、夏でもないんだから、一日くらい風呂に入らなくてもいいだろうに、と沢渡は溜め息をついた。お洒《しゃ》落《れ》な男は毎日の入浴を絶対に欠かせないらしい。

槙野の部屋は１ＬＤＫで、独身のひとり住まいには十分な広さだ。割と几帳面なので、突然の他人の訪問にも慌てて片づけなくてもいい程度には、部屋の中は整頓されている。

浴槽に湯を張り、キッチンで夕食の準備をしていると、槙野がやって来た。遠慮しているのか、それとも単に決まったものでないと嫌なのかはわからないが、着替えとバスタオルだけではなく、わざわざシャンプーとボディソープまで持参していた。

槙野が浴室に消えてから料理を再開した。包丁でキャベツを刻みながら、槙野はあまりキャリアらしくない男だと思った。キャリアなんてものは大抵エリート臭をプンプン漂わせているのが普通なのに、腰が低いというか威厳がないというか。

彼らは難関を突破して警察庁に入り、その後も徹底したエリート教育を受ける。警察職員は三十万人ほどいるが、キャリアはわずか五百人ほど。その五百人が巨大な警察機構の頂点に立ち、組織を実際に動かしていくのだ。その自負とプライドたるや、凄《すさ》まじいものがある。

しかしエスカレーター式に出世していくといっても、二十名ほどの同期の中から警察庁長官の椅子に座ることができるのは、たったひとり。人数が少ない分、勝ち負けははっきりしている。入庁した時から、すでに勝負が始まっているのだ。

あんなそそっかしい男では、熾烈《しれつ》な競争は勝ち抜いていけないだろう。こんな田舎に送られてきた時点で負けは見えている。そう思ったら、少しばかり同情を感じてしまった。

「ありがとうございました。おかげでさっぱりしました」

槙野が長袖のTシャツとスウェットのズボン姿で浴室から出てきた。当たり前だがきちんとセットされていた髪は、濡《ぬ》れて無造作に額の上に落ちている。そのせいでスーツ姿より若く見えたが、品のある美男子ぶりはそのままだった。警察官より芸能人にでもなったほうが、よっぽど充実した人生を送れるのではないかと、余計なことを考えてしまう。

「ご自分で料理をされるんですね」

テーブルの上に並んだ料理を見て、槙野が感心したように言った。

「外食は苦手なんです」

用が済んだのなら早く帰って欲しいのに、槙野はなかなかその場から動こうとしない。

「私もです。でも自分で料理できないし、せいぜい総菜を買ってきて温めるくらいが関の山で。すごく美味しそうですね」

物欲しそうに料理をじっと見つめている槙野に、沢渡はつい苦笑してしまった。メニューは野菜の炒め物と冷や奴、それに昨夜の残り物の里芋の煮物だ。そんな熱い視線を注がれるほどのものではない。

「よかったら、食べていきますか？」

よっぽど空腹なのかと不憫《ふびん》に思い、ポロッとそんな言葉が出てしまった。

「えっ？　いいんですか？」

槙野の顔がパッと輝いた。

「味は保証できませんよ。そこに座ってください」

小皿とご飯を出してやると、槙野は本気で嬉しそうに箸《はし》を摑《つか》んだ。

「すみません。ありがとうございます。では、お言葉に甘えて」

槙野は美味しいを連発して、遠慮もなくご飯をお代わりした。旺盛な食欲だ。自分だけ飲むわけにもいかないので、ビールも注いでやる。

「署長たちと食べてきたんでしょう？」

「はい。でも緊張して飲んでばかりだったもので。……署長ってどういう方ですか？」

いきなりどういう人かと聞かれても困る。沢渡は言葉を探しつつ、「そうですね」とビールに口をつけた。

「面倒見のいい人ですよ。署員からも慕われています」

本当は善人面して親切を押しつけてくるところが苦手なのだが、とりあえずいい部分だけを口にした。初対面に近い上司に、署長の悪口を言うほど考えなしではない。

槙野はその他にも副署長のことや冨美乃署全般についても、いろいろ質問を重ねてきた。これから上手くやっていけるのか、相当に不安があるらしい。きっと小心な男なのだろう。

「署長たちと竹ノ屋という店に行ったんですが、なかなかいい雰囲気の店でした」

「あそこはうちの署の御用達《ごようたし》みたいなところなんです。歓送迎会や忘年会も、よくあの店でやってますよ」

竹ノ屋は冨美乃署の近所にある割烹《かっぽう》料理屋で、少し値段は張るが味は確かな店だ。

「女将《おかみ》がなかなかの美人でした。署長とは随分と親しそうでしたが。……もしかして女将って署長のこれですか？」

槙野が小指を立てて聞いてきた。意外だった。世間知らずのお坊ちゃんのようでいて、なかなか鋭いところもある。

竹ノ屋の美人女将は四十歳前後の色っぽい女性で、以前から署長の愛人ではないかという噂が囁《ささや》かれていた。人目のあるところで、それとわかるほど親密な態度を取ることはないので、真偽のほどは定かではないが、沢渡自身は事実なのだろうと踏んでいる。

「どうですかね。俺は知りません。でもあそこのお昼の日替わり定食は、なかなかいいですよ」

噂話を得意げに披露する気はないので、差し障りのない言葉を返した。

「じゃあ、今度お昼に行ってみます」

　槙野はそれからしばらくして帰っていった。ひとりになった沢渡は食器を洗ったあと、やれやれという気分でローソファーに腰を下ろした。初日から風呂を貸して、そのうえ食事の世話までさせられるとは思いもしなかった。これでは先が思いやられる。

　ふと、もしかしてと考えた。署長があえて自分のような無愛想な人間に、大事なキャリアの面倒を押しつけてきたのは、これ以上、相下のことに関わらせないようにするためだろうか。本気で沢渡が相下の妻に気があると勘ぐっているのだとしたら、ひどい話だった。

　総務主任の相下は四十四歳で、署長の信頼も厚い真面目な男だった。口数の少ない大人しい性格の男だったので、相下が死を選ぶほど悩んでいたことには、同じ課の同僚も気づかなかったらしい。走り書き程度の妻への謝罪の言葉が記された手紙以外に遺書らしきものもなく、直接的な自殺の原因は不明だという。

　沢渡は相下と親しかったわけではない。個人的なつき合いはいっさいなかった。けれど彼が自殺した日に話をしていた。

「沢渡くんは強い人ですね。羨《うらや》ましい」

　夕暮れの迫る薄暗い刑事課のフロアで、相下は力なく笑った。他の署員はすべて出払っていて、部屋には沢渡と相下しかいなかった。

「あんなふうに叱《しか》られたら、私なら三日くらいは食欲がなくなりそうだ」

課長の霜田に注意を受けている場面を見られたのだ。

沢渡は偶然、空き巣の犯行現場に出くわし、男を取り押さえて現行犯逮捕した。それが霜田の逆鱗《げきりん》に触れてしまった。その男は余罪で太らせるために、他の刑事がわざと泳がせていた容疑者だったのだ。

沢渡にすれば犯行現場を見てしまった以上、無視することもできない。だから逮捕は当然だと考えていた。一応謝罪はしたが、本気で反省していないのは霜田にも丸わかりで、余計にくどくどとしつこい叱責《しっせき》を受けたのだ。

相下は総務からの書類を各デスクに配布しながら、霜田の小言を聞いていた。そして霜田がいなくなってふたりきりになると、沢渡に話しかけてきた。

「私も若い頃は、悪い奴を捕まえる現場の刑事になりたいと思ってました。でも結局はずっと内勤畑で来てしまった。できることなら一から警察官の人生をやり直したいけど、多分、一生このままなんでしょうね」

ほとんど個人的に会話したことがなかった相下に話しかけられ、沢渡は困惑した。

「私は警察官としても、ひとりの人間としても、どうしようもないほど駄目な男です。取り返しのつかないことをしてしまった」

どういう意味なのかと尋ねようとしたら、それより早く相下が急に笑顔を消して言ったのだ。

「沢渡くん。もう仕事は終わりですか？　よかったら飲みに行きませんか」

課も違う、共通点もない年上の署員にいきなり誘われ、沢渡は戸惑ったが「いいですよ」と答えた。相下のどこか思いつめた表情を見て、嫌とは言えなかったのだ。

しかしその直後、窃盗事件の通報が入った。現場に向かうことになった沢渡は、明日でもいいかと相下に尋ねた。相下は快く了解してくれたので、沢渡はホッとしながら刑事課の部屋をあとにした。

相下が自殺したのは、その夜のことだった。沢渡は激しく後悔した。相下は抱えていた悩みを誰かに打ち明けたかったのかもしれない。なのに自分は聞いてやれなかった。

——興味本位で人の死を弄ぶのはよしなさい。

署長室での川村の言葉を思いだし、憂鬱《ゆううつ》な気分になった。相下の妻の浅子も同じように思っているはずだ。自分のしていることは、やはり間違っているのだろうか。

だが、どうしても相下の言葉が忘れられない。取り返しのつかないことをしたという、あの言葉。相下に何があったのだろう？　刑事としてもひとりの人間としても、強い後悔を抱きたくなるほどの大きな過ちを、彼は犯してしまったというのだろうか？

沢渡には見当もつかないが、その過ちが相下を死に追いやったのは間違いないと信じていた。

2

翌日の三時頃、管内で空き巣事件が発生したという報告が入った。驚いたことに、被害にあったのは相下の自宅だった。

手が空いているのは沢渡と石丸のコンビだけだったので、ふたりが現場に急行することになった。ところが駐車場で捜査車両に乗り込もうとしたら、なぜか槙野が追いかけてきた。

「沢渡さん、待ってください」

「なんですか、刑事官」

急いでいるので声がつい不機嫌になる。槙野は気にした様子もなく、トレンチコートを腕に抱えて近寄ってきた。

「私も現場に出ます。連れていってください」

思わず沢渡と石丸は、互いの顔を見合わせた。実務研修中の若いキャリアならともかく、警視のキャリアが現場に出るなんて話は聞いたことがない。

「後学のためにも、いろんな現場を見学したいんです。お願いします。邪魔にならないよう、気をつけますので」

　お坊ちゃんの気まぐれに舌打ちしたい気分だったが、どうにか苛立ちは顔に出さず「わかりました」と答えた。警視相手に巡査部長が「嫌です」と言えるはずがない。

「ドアを開けてやれ」

　小声で耳打ちすると、石丸は慌てて後部のドアに飛びついた。

「どうぞ。槙野刑事官」

　槙野は鷹揚に頷いて車に乗り込んだ。

　石丸の運転する車は十分ほどで犯行現場に到着した。相下の自宅は、ごく普通の住宅街の一角にある。すでに鑑識係が来ていて、指紋などを採取し始めていた。

　白手袋をはめて入っていくと、廊下の片隅に浅子がいた。白いブラウスとシンプルなベージュのスカート。肩までの髪は柔らかくパーマがかかっている。派手さはないが、相下の妻は年よりも若く見えるきれいな女性だ。

「冨美乃署の沢渡です」

　浅子は青ざめた表情で沢渡を振り返った。表情にいつもの不快さはなく、ただ不安そうだった。夫の葬儀からまだひと月ほどしか経っていないのに、空き巣にまで入られるとは気の毒としか言いようがない。

「お気持ちが動転されておいでのところ、大変申し訳ありませんが、お話を聞かせていただけませんか？」

沢渡は手帳を取り出し、浅子から詳しい事情を聞き始めた。

浅子の話を要約すると、外出したのは正午ちょうど頃。夫が亡くなってから家に籠《こ》もりがちだったため、副署長の妻に「気晴らしに遊びに来なさいよ」と誘われたらしい。副署長宅に二時間ほど滞在して自宅に帰ってきたら、家の中が荒らされていたという。

犯人は庭に面した掃き出し窓を割って侵入していた。被害に遭ったのは一階の居間と和室、それに相下が書斎として使っていた六畳ほどの部屋だけで、二階はまったくの手つかずだった。鑑識が引き上げてから、相下の妻と一緒に被害状況を確認したら、おかしなことに金目の物はすべて無事だった。預金通帳や印鑑も引き出しに残されている。

窃盗未遂と器物破損で被害届を出してくださいと言ったら、なぜか浅子は首を振った。

「何も盗られていないみたいですから、結構です」

「しかし――」

「いいんです。……ご足労いただいて、申し訳ありませんでした」

沢渡たちは、追い払われるようにして相下の家をあとにした。仕方なく車に乗り込んだが、どうにも納得がいかない。沢渡のことを嫌っていても、被害届くらい出してもいいはずだ。

ハンドルを握った石丸が、言いづらそうに口を開いた。

「なんか噂で聞いたんですけど。あの奥さん、相下主任が自殺したのは、仕事上での悩みが原因だったと思っていて、冨美乃署に対してあんまりいい感情を持ってないそうですよ。だから、俺らとは関わりたくないんじゃないですか？」

「なるほど。そういうことか」

二重の意味で納得した。沢渡の訪問をあんなに嫌がっていたのには、そういった理由もあったのだ。

「骨折り損でしたね。まあ、被害がなかったのは幸いでしたけど」

冨美乃署に戻って報告を入れると、霜田も浅子の心情を知っていたらしく、「仕方ないな」と頷いた。

「本人がいいと言ってるなら、もうそっとしておいてやれ」

「ですが、せめて被害届だけでも出してもらったほうが」

「余計なことはするな」

きつい口調で叱られたが、沢渡も引き下がらなかった。

「どうして余計なことなんですか？　被害届が出ないと捜査できません。俺が奥さんを説得します」

「沢渡っ！」

今度は大声で怒鳴られた。その場にいる署員の視線が、いっせいにふたりへと注がれる。霜田は軽く咳払いし、声をひそめた。

「お前は署長からも、奥さんには近づくなと注意されたばかりだろう」

「やましいことは何もありません」

沢渡が即座に反論すると霜田は軽く息を吐き、さらに声のトーンを落とした。

「――ここだけの話、奥さんは相下くんが亡くなったあと、主人の自殺は仕事のせいだから、労災申請を出すと騒いで大変だったんだ。仲のよかった副署長の奥さんが説得して、どうにか思い留まらせたらしい。どのみち申請を出したところで、それほど激務でもなかったから、認められなかっただろうがな。……いいか。この空き巣事件にはいっさい関わるな」

寝た子を起こすような真似はするなということか。沢渡は割り切れないものを感じた。

「俺はこれから署長のお供で外出する。そのまま直帰だから、あとよろしくな」

霜田はみんなに言い聞かすように大きな声を上げ、椅子から立ち上がった。出ていく霜田に署員たちが口々に、「行ってらっしゃい」と言葉を返す。

霜田が刑事課のフロアからいなくなると、強行犯係のデコボココンビの丸井と須山が、沢渡のそばにやって来た。

「沢渡。相下主任の家に入った空き巣、なんにも盗んでいかなかったんだって？」

「ええ。それが何か？」

丸井が細い目をさらに細めて、「だったらよぉ」と嫌な笑いを浮かべた。

「放っておけって。無理に自分の仕事を増やさなくてもいいじゃねぇか」

「そうだよ。課長の言うとおりだぞ」

須山も同調して、訳知り顔で大きく頷く。

「あんまムキになってると、事件を増やして検挙率を上げたいだけだろって噂されんぞ」

丸井は相棒に視線を向け、「なあ？」とニヤニヤと笑った。須山も「ああ」と頷き、同じような笑いを浮かべる。

「ご忠告、感謝します」

短く答え、沢渡は刑事課の部屋を出た。その足で非常階段の踊り場に行き、乱暴な動作で煙草に火をつける。

口から吐いた煙は、瞬く間に風にかき消されていく。それを眺めながら、ついでに体内に溜まった嫌なものも、一緒に吹き飛んでいけばいいのにと思ってしまう。

最初はよくない噂が立ってはいけないから相下の妻に近づくなと言われ、今度は労災云々という話まで出てきた。署長たちは単に相下の妻を刺激したくないのだ。要するにすべては保身のためだった。

「沢渡さん」

上のほうから声が聞こえた。振り向くと槙野がドアの前に立っていた。槙野は階段を下りて隣にやって来ると、沢渡と同じように手すりに腕を載せた。

「霜田課長、すごい剣幕でしたね。空き巣事件、やっぱり捜査できないんですか?」

沢渡は「ええ」と頷き、携帯灰皿の中に煙草の灰を落とした。

「余計なことはするなと厳命されました」

淡々と答えると、槙野は「大変ですね」と同情めいた表情を浮かべた。捜査できないことではなく、怒鳴られたことに対する言葉のようだ。

「いつものことですから」

「でも沢渡さん、かなり落ち込んでるでしょう?」

さり気なく指摘され、ドキッとした。上司に叱られることには慣れていても、他人に内心を言い当てられることには慣れていない。感情が表に出るほうではないので、言われるとしても「何を考えているのかわからない」とか、怒ってもいないのに「いつも不機嫌そうだ」とか、大抵はマイナスのことだけだ。

「別に落ち込んでなんかいません」

見抜かれたことが気恥ずかしくて、沢渡はぶっきらぼうに答えた。正直に言えば落ち込んでいる。怒鳴られたからではなく、上の思惑ひとつで身動きが取れなくなる無力な自分を、情けなく感じていたのだ。

「いいえ。その顔は落ち込んでます。元気出してください。……そうだ。勝手に捜査してしまうというのはどうですか？」

槙野が名案を思いついたというふうに言った。

「……冗談ですよね？」

「いえ。本気で言ってますけど？」

無邪気とも思えるにこやかな顔を見ながら、沢渡は呆れ返った。組織の規律を正さなくてはいけない立場のキャリア官僚が、言うべき台詞《せりふ》ではない。この男の頭の中はどうなっているのだろうか。

「私もお手伝いします。だから一緒に捜査しましょう。聞き込みとかやってみたいです」

どうやら刑事ごっこがしたいらしい。中学生か、と笑いそうになった。

「槙野刑事官」

「はい？　聞き込み、しますか？　いつから？」

期待に満ちた目で、槙野がまっすぐに見つめ返してくる。一分の隙もない美男子なのに、その様子がなんとなく尻尾を振っている犬を思わせ、妙に可笑《おか》しくなって頬がゆるんだ。沢渡は笑いをこらえるために、口もとを押さえながら言葉を続けた。

「俺はよく変わり者だと言われますが、槙野刑事官も相当ですよね」

警視相手に失礼極まりない言い方だが、つい本音がポロッとこぼれた。槙野はきょとんとした顔で、「はあ」と首を傾げている。

「そうですか？　真面目すぎるとはよく言われますが、変わり者だというのはあまり……。沢渡さんの目から見て、私は変わっていますか？　どういうところが変わっているんでしょうか？　ぜひ教えてください」

真剣な顔で聞いてくるので、とうとう我慢できず噴きだしてしまった。一度笑うと止まらなくなり、沢渡は手すりに載せた腕に額を落とし、肩を震わせた。

「さ、沢渡さん？　どうして笑うんですか？　そんな変なこと言いましたか？」

「いえ、ただ……なんだか妙に……可笑しくて……くっ」

オロオロする槙野を尻目に、沢渡はひとり笑い続けた。どうしてこんなに可笑しいのか自分でもわからない。槙野の何かが笑いのツボに、ピタッとはまってしまったようだ。

「馬鹿笑いして、すみませんでした」

ようやく笑いが収まり、沢渡は表情を引き締めて槙野に謝った。槙野は気にした様子もなく首を振った。

「別に構いませんよ。……沢渡さん、笑うと雰囲気が変わりますね。すごく優しそうな顔になる。いつも笑顔でいれば素敵なのに」

今度は沢渡が困る番だった。素敵だなんて言われても、可笑しくもないのにヘラヘラと笑っていられない。それではただの阿呆《あほう》だ。

「でもよかった」

槙野が満足そうに頷いたので、沢渡は「何がです？」と眉根を寄せた。

「沢渡さん、元気になったみたいだから」

そう言われ、さっきまで胸に巣くっていたモヤモヤが、すっかり消えているのに気づいた。

思いきり笑ったせいかもしれない。

こんなに笑ったのは、一体いつ以来だろうか。心だけではなく、身体まで軽くなったようだ。

「煙草、吸い終わりました？　寒いから、もう中に入りましょう」

槙野が肩をポンと叩《たた》いた。変な男だが、一緒にいるとなんだか気持ちが明るくなる。石丸も性格は明るいし、気配りもそれなりにできる男だ。一緒に仕事するのは嫌ではない。

けれど槙野には性格や仕事ぶりがどうだとかいうのとは違う、不思議な何かがあった。

沢渡が家で夕食をつくっていると、また槙野がやって来た。給湯器の修理は部品の取り寄せが必要で、週明けになるらしい。仕方なく、その夜も風呂を貸してやることになり、昨夜と同じ流れで、夕食までご馳走《ちそう》する羽目になった。

「何も盗まない空き巣って変ですよね。現金も通帳もあったのに」

風呂上がりの槙野が、沢渡お手製の炒飯《チャーハン》を口に運びつつ、解せないという表情で呟いた。沢渡は卵スープを口に運びながら、「そういうことも、たまにあります」と答えた。

「どういうケースでしょうか?」

「たとえばクレジットカードをスキミングして情報だけ盗む犯罪とか、ストーカーなどが盗聴器をしかけていくパターンとか」

「でもクレジットカードは、置いていませんでしたよね。ストーカーもあの大胆な手口では考えにくいし。もしかしたら奥さんも気づかないような、些細なものを盗んでいったとか?」

「些細なもの?」

沢渡は槙野の言葉を繰り返した。

「ええ。犯人にとっては重要でも、他人からすればどうでもいいようなものとか。それだったら、奥さんもなくなったことに気づいていないのかもしれない」

そういう可能性はゼロではないが、空き巣にまで入って手に入れなければならないものとは、一体なんなのか。いくら考えても、まるで思い浮かばない。

「沢渡さん。もう少し飲みませんか？　明日は休みだし、いいでしょう」

槙野はお礼代わりにと、大量の缶ビールとおつまみを持参していた。食事が終わったので、テレビが見えるローソファーに場所を移し、ふたりで新しい缶ビールを飲み始める。

「沢渡さんの目から見て、今日の犯行現場におかしなところはありませんでしたか？」

「やけに興味を持ちますね」

訝しく思って尋ねると、槙野は照れたように頭を掻いた。

「いや、研修以外では初めての現場なので、どうにか解決できないものかと思って」

キャリアのエリート警視が、被害ゼロの空き巣を解決したいと本気で考えている。冷静に考えれば笑い話なのだろうが、その一生懸命さがどこか微笑《ほほえ》ましくもあった。

「で、どうですか？　常習犯の仕業だと思いましたか？」

「いえ。恐らく慣れていない者の犯行でしょう。プロはあんなふうに、派手に物を散乱させたりしません。それにタンスの引き出しの開け方も変だった」

槙野が不思議そうな顔をしていたので、沢渡は説明を加えた。空き巣のプロなら引き出しは下から開けていく。そのほうが効率がいいからだ。しかし現場の引き出しは、下にいくほど大きく開いていた。つまり犯人は、上から順に引き出しを開けていったと考えるのが妥当だろう。

「他にもあの家の立地条件などを考えると、空き巣に入るには向いていない物件だと思います」

空き巣に狙われやすい家には、それなりの理由があるものだ。四つ角に建っていて逃走経路が確保しやすいとか、隣家との隙間が狭いとか、すぐそばに人の視線を遮る障害物があるとか。相下の家はどれにも該当しない。

「じゃあやっぱり、犯人は何か特定のものを狙って、相下さんの家に侵入したんじゃないでしょうか?」

槙野が執拗《しつよう》に言い募るので、次第にその線も考えられるのではないかと思えてきた。

「でも奥さんがあの様子では、話も聞けませんよね」

残念そうに言い、槙野がまた新しいビールを開けた。場所を変えてからロング缶でもう四本目だ。沢渡は三本目だが酔いが回ってきていた。

酔った頭でなんとなく考える。槙野は不思議な男だ。沢渡は他人と長い時間を一緒に過ごすのは苦手なのに、槙野だとなぜか苦にならない。槙野は特別お喋《しゃべ》りというわけではないのだが、ほどよいタイミングで言葉を途切れさせない。それに自分ばかりが話すのでも、相手にだけ喋らせるのでもなく、ちょうどいい具合で会話が続くのだ。

槙野は柿の種を摘まみながら、ずっとビールを飲んでいる。

「刑事官は強いんですね。かなり飲んだのに、まったく顔色が変わってない」

「そんなことはないです。顔に出ないだけで、もう相当に酔ってます。……沢渡さん。お願いがあるんですが」

急に姿勢を正して槙野が向き直った。改まってなんだ、と身構えてしまう。

「刑事官っていうの、やめていただけませんか？」

「は？」

「プライベートな時間にそう呼ばれると、なんだかまだ仕事中のような気がして、リラックスできないんです」

「そうですか。……では、槙野さんとお呼びしましょうか？」

「いえ。槙野と呼び捨てにしてください」

さすがに同意できない要望だった。いくら私的な時間でも、警察というところは完全な縦社会だ。勤務時間以外だろうが、上司にぞんざいな口を利いて許される世界ではない。

「それはできかねます」

「そこをなんとか。こうやって私的な時間を過ごしている時は、私もただの二十九歳の男に戻りたいんです。沢渡さんは私より年上で、社会経験も豊富な人生の先輩です。どうか仕事から離れた時は、私のことは世間知らずの小僧扱いでお願いします。至らぬ部分があれば、どうぞきつく叱ってください。敬語もなしで、ひとつよろしくお願い致します」

いきなり槙野が床に額がつくほど深く頭を下げたので、沢渡はうろたえてしまった。

「よ、よしてください、刑事官」

「槙野です」

「ま、槙野さん。そんな真似をされると困ります」

「さんもいりません。敬語をやめてくれないなら、頭は上げません。ずっとこのままでいます」

しばらく言い合ったが、槙野は頑固だった。頑なに頭を上げようとしない。どうやら本人が言うとおり、かなり酔っているらしい。槙野は心の中で「大概にしろよ、この酔っぱらい」と文句を言った。

根比べのように槙野が顔を上げるのを待っていたが、いつまでたっても動こうとしない。本気で面倒臭くなってきた。沢渡は槙野のつむじを眺めながら、深い吐息をついた。

「……わかったから頭を上げろよ。槙野」

槙野はパッと顔を上げ、嬉しそうに沢渡を見た。

「ありがとうございます。その調子でお願いします」

何がその調子だ、この酔っ払い。そう言いたかったが言えず、代わりに溜め息をついた。

「ついでに、もうひとつお願いしてもいいですか」

まだあるのかとうんざりしつつも、乗りかかった船だと思い、沢渡は頷いた。

「なんだ。言えよ」

「はい。もし沢渡さんが嫌でなければ、私の友達になってくれませんか?」

「……友達?」

「ええ、友達です。私は親の期待を背負って、ずっと勉強ばかりしてきました。遊ぶ余裕なんてまったくないほど勉強して目指していた大学に入り、親の願いどおり国家公務員試験にも合格し、晴れて警察庁にも入ることができました。でも今になって、そんな自分の人生が虚しくなってきたんです。エリートとして生きていても、友達がひとりもいない人生なんてあまりに味気ない。腹を割って話せる相手もいないんです。あまりに寂しすぎます。……だから沢渡さん。私の友達になってください。お願いします」

返す言葉が見当たらなかった。いくら酔っていても、これはひどすぎる。自分の部下に向かって、友達になってくださいと頼むとは――。

「……駄目ですか? やっぱり嫌ですよね。私みたいななんの面白みもない人間と友達になるなんて」

返事をしない沢渡の態度を拒絶と感じたのか、槙野は打ちひしがれた様子で肩を落とした。

驚きと呆れを通り越して、段々とこの男が憐《あわ》れに思えてきた。

しかしある意味、度胸がある。それにこの歳になって友達が欲しいと言える素直さに、なんだか胸を打たれてしまった。自分には死んでも口にできない言葉だ。

馬鹿な男だと思うが、どうしても憎めない。とんでもない相手に懐かれたものだと心の中で苦笑しながら、沢渡は槙野の肩を軽く叩いた。

「いいよ。俺でよかったら、友達になってやる」

「えっ？　本当ですか？　本当にいいんですか？」

槙野はまたパッと顔を上げて目を瞠《みは》った。

「ああ。その代わり友達として接するのは、ふたりきりでいる時だけだ。わかったか？」

「はい。それで十分です。ありがとうございます」

嬉しそうに頭を下げる槙野を見ながら、しょうがないよな、と自分に言い聞かせた。沢渡は人に頼られると、嫌とは言えない性分だ。これも何かの縁だと割り切るしかない。

「ところで沢渡さんは、彼女とかいないんですか？」

「なんだよ、いきなり」

「だって友達のことは、なんでも知りたいものじゃないですか」

にこにこと嬉しそうに言う。友達認定された途端にプライベートな質問かよ、と図々しく思ったが、相手は浮かれた酔っ払いだ。適当に相手をするしかない。

沢渡はジッポで煙草に火をつけ、「いない」と答えた。

「でも、もてるでしょう？　いかにも叩き上げの敏腕デカって感じがして、すごく格好いいです。某ドラマみたいにあだ名をつけるとしたら、ジッポなんて似合いそうだな」

沢渡のジッポを指差す顔は、やけに楽しげだった。槙野は子供の頃、刑事ドラマに憧れていたに違いない。絶対にそうだ。

「生憎とこれまでの人生で、女にもてたことは一度もないな」

愛想も目つきも悪いせいか、女性に言い寄られた体験は皆無に近い。むしろ怖がられたり、避けられたりすることのほうが多かった。

過去に真剣につき合った女性はひとりだけだ。相手は幼馴染みで高校の時から十年近く交際したが、互いに忙しくなって距離ができ、自然と終わってしまった。その後は清々しいほど女っ気のない生活を続けている。

「女はお前みたいな、王子様タイプに弱いもんだろう」

「そんなことありませんよ。私が女性なら、絶対に沢渡さんみたいな男らしい人がいいです」

力強く断言され、沢渡は「男のお前にもててもな」と苦笑した。

「そういえば、男には何度か告白されたっけ」

「いつ？　どんな相手にですか？」

槙野が面白がって食いついてきた。

「男子校だったせいか、後輩から兄貴になってくれって言われたり、刑事になってからも、被害者男性に言い寄られたりしたな。俺って男受けする顔でもしてるのかな？」

冗談のつもりで言ったのに、槙野は神妙な顔で頷いた。

「そうかもしれませんね。同性が憧れるタイプなのかも。……でも、彼女がいたことはあるんでしょう？」

「いたにはいたけど、警察官になって仕事が忙しくなると、自然と距離ができちまった」

「それ以来、ずっとひとりですか？　じゃあ、今は仕事が恋人ってところですね」

「そう言えば聞こえはいいけどな。仕事しかできない、つまらない人間なんだよ」

槙野は自分のエリート人生を味気ないと言ったが、考えてみれば沢渡も似たようなものだった。恋人もなく、普段から親しくつき合っているような友人もなく、家と職場を往復するだけの毎日。これといった趣味もないので、休みの日が楽しいわけでもない。

「沢渡さんは、つまらない人間なんかじゃありません」

きっぱり言い切った槙野を見て、沢渡は思わず笑いを浮かべた。

「お前が断言するなよ。俺のこと何も知らないくせに」

「そうですけど……。あの、少し失礼なことを伺ってもいいですか？」

「まだ聞きたいことがあるのか？　言ってみろよ」

こうなったらなんでも答えてやるという気持ちで、了承してやる。

「じゃあ、遠慮なく。警視庁の捜査一課への異動が決まっていたのに、キャリアの警視を殴って、それで冨美乃署に飛ばされたって話は本当なんですか？」

そうくるか、と沢渡は胸の中で溜め息をついた。誰かから噂話を聞いたのだろう。

「もし答えたくないなら結構です」

「いいよ。別に隠すほどのことじゃない。全部事実だからな」

「……どうして、その相手を殴ったりしたんですか？」

沢渡は言葉を探しながら、槙野に当時のことを話して聞かせた。

「捜査上の対立ってやつだ。くだらない理由さ。俺の独り合点だったんだ。そのキャリア、高校時代の同級生でな。向こうはキャリアとして、俺はノンキャリとして警察官になっても、たまに酒を飲むくらいのつき合いは続いていた」

友人の名前は藤本隆則《ふじもとたかのり》。勉強ができて運動もでき、誰からも好かれる朗らかな男だった。どういうわけか沢渡のことを気に入ってくれ、高校時代はいつも行動を共にしていて、親友と呼んでも差し支えないほどの相手だった。別々の大学に進学してからはお互い忙しくなり、たまに会う程度になってしまったが、それでも友人として気兼ねのない関係が壊れることはなかった。

「ある時、あいつが偶然にも俺のいる新宿中央署に、署長として赴任してきたんだ。署長だから仕事上の接点はないが、同じ署で一緒に仕事できるのは嬉しかった」

新しい煙草に火をつけ、沢渡は続けた。

「俺の警視庁への異動が決まった直後、管内で立て籠もり事件が起きた。犯人はヤクでぶっ飛んでて、ナイフを振り回していた。早く人質を救助しないと危険だったから、俺は強行突入を主張した。向こうはナイフ一本だし、人質から離れる場面が何度もあったから、上手くやれる自信はあった。課長が反対したから、俺はあいつに掛け合った。突入させてくれと必死で頼んだ。でも、あいつは反対した。SIT（特殊捜査班）が到着するまで待てと命令したんだ。

……その結果、人質は刺されて死んだ」

「SITは間に合わなかったんですか？」

沢渡は頷いて煙草の灰を落とした。あの時のことを思いだすと、今でもやりきれない気持ちになる。ドアの向こうで聞こえた人質の悲鳴。踏み込んだ時のひどい惨状——。

「俺は犯人が逮捕されたあと、あいつに怒りをぶつけた。お前のせいで、人がひとり殺されたんだってな」

——お前もしょせんはキャリアさまなんだな。現場のことなんて、なんにもわかってないくせに、安全な場所で勝手な命令だけ下しやがって！

そんなふうなことを言った。藤本は何も言い返さなかった。

「その時に殴ったんですね？」

「ああ。カッとなって、つい手が出ちまった。でも冷静に考えれば、あいつだって上の指示に従うしかない状況だったんだ。あいつひとりの責任じゃない。今となっては、あいつを責める気持ちはないけどな」

親しかったせいで余計に気持ちが暴走したのだ。藤本は現場の警察官を見下すことなく、普段から沢渡のこぼす愚痴も丸ごと受け止めてくれていた。立場は違っても同じ組織に身を置く者同士、理解し合っていると思っていたからこそ、悔しかったのかもしれない。

「上司を殴ったせいで、俺の本庁行きはなくなった。でもそれで済んだのは幸いだった。本当なら、なんらかの処分がくだっていたはずだからな。あいつが裏でかばってくれたって噂も聞いたけど、あれ以来、会ってないから真相はわからん」

「そうですか。……お友達のほうは、今どこの部署に？」

「本庁の人事課にいると聞いている。……いつか会って謝りたいと思ってはいるんだ。でも今さら連絡も取りづらくてな。まあ向こうも俺の顔なんて、二度と見たくないと思ってるかもしれないけど」

あの事件のことを詳しく話すのは、槙野が初めてだった。

「そんなことありませんよ。相手も沢渡さんと同じ気持ちでいるはずです。どこかで偶然会えたら、その時はお互い全部水に流して、昔みたいに気さくに話ができますよ」

そうだといいな、と思った。藤本のことは喉《のど》に引っかかった小骨のように、ずっと気になっていた。電話一本かけて「悪かったな」と言えば済む話なのに、それができない自分が嫌だった。頑固というより臆病者なのだ。相手の反応が怖くて、自分から行動できないでいる。

「……お前に話したせいか、ちょっと気持ちが軽くなった」

酔っているせいか、珍しく素直な言葉がするっとこぼれた。踊り場で大笑いした時と同じだ。胸のつかえが取れたみたいで、息までしやすくなったように感じられる。

「そうですか？　私でよかったら、なんでも話してくださいね。これからも、いろいろ聞かせてください。沢渡さんのこと、もっと知りたいんです。いいですよね？」

酔っぱらいの戯言《たわごと》とわかっていても、真面目に言われてひどく恥ずかしかった。面と向かって自分のことを知りたいなんて、今まで誰にも言われたことがない。

「……勝手にしろ」

沢渡は素っ気なく答えたが、自分の頬が熱くなっているのを自覚していた。


寝苦しさを覚えて、沢渡は目を覚ました。

「……っ？」

目を開けてギョッとした。すぐそばに槙野の顔があったのだ。

どうしたことか、ふたりでベッドに転がっている。しかも槙野の腕は沢渡を抱くように、深く腰に回されていた。槙野の胸の中で眠っていると言っても過言ではない体勢だ。

――なんだってこんな状態に？

昨夜の記憶を辿ったが、どうして槙野が自分のベッドで眠っているのか思い出せない。

沢渡は息を詰めて、槙野の眼鏡のない寝顔を見つめた。形のいい鼻。品のある口もと。意外と長い睫毛《まつげ》。そんな場合ではないのに、つくづくきれいな男だと見入ってしまう。

なんの前触れもなく、槙野の瞼《まぶた》が開いた。ほんの数センチの距離で、見つめ合う格好になる。

沢渡が息を呑んでいると、槙野は優しく微笑んだ。

今まで一度も見たことがないような無防備で、それでいて包み込むような優しい顔だった。たとえるなら長くつき合った大好きな恋人にだけ向けるような、甘い微笑みとでも言うのだろうか。

「おはようございます」

「お、おはよう……」

沢渡がぎこちなく身体を起こすと、槙野の腕が外れた。

「……なんで、お前が俺のベッドに？」

「あれ、覚えてないんですか？　沢渡さんがソファーで酔いつぶれてしまったので、ベッドまで運んだら、お前もここで寝ていけって腕を引っ張られて。私も酔っていたもので、ついそのままごろっと」

「そ、そうだったのか。悪かったな」

とんだ醜態だ。自分の酒癖の悪さを反省しながら顔を洗い、台所でふたり分の朝食を用意した。味噌汁と卵焼きとツナサラダという簡単なメニューだったが、槙野は大喜びして食べた。

「今日は何か予定がありますか？」

食べ終わってからそんなことを聞かれたので、沢渡は何もないと答えた。

「もしよかったら、午後から街を案内してもらえませんか？」

承諾すると槙野はお昼頃に来ると言い残し、自分の部屋に帰っていった。

午前中は洗濯と掃除に時間を費やした。槙野は約束どおり正午ちょうどにまたやって来た。センスのいいイタリアンカラーのシャツを着て、上にはキャメル色のモールスキン素材のジャケットを羽織っていた。着飾っているわけでもないのに、スタイルがいいせいかモデルのように格好よく見える。

沢渡はジーンズと薄手のニットシャツに、ジップアップのジャケット。どちらもカジュアルな服装なのに、相当な差が出ているような気がするのは、沢渡の思い過ごしではないだろう。

槙野が街並みをゆっくり見たいと言うので、バスはやめて散歩がてら歩いて行くことにした。繁華街までは徒歩でも十五分ほどだ。

大きなスーパーや商店街を案内しながら、ぶらぶらと足を進めていく。槙野は物珍しそうに、見知らぬ街の様子を眺めていた。途中で槙野のリクエストで竹ノ屋に立ち寄って、少し遅めの昼食を取った。

「あら、沢渡さん。いらっしゃい」

奥から出て来た女将が沢渡に気づき、親しげに声をかけてきた。商売上手の女性なので、よく来る冨美乃署の職員の顔と名前は、すべて頭に叩き込んでいるようだ。

「槙野さんもご一緒なのね。また来てくださって嬉しいわ。これからも、どうぞご贔屓《ひいき》に」

女将はふたりをテーブル席に案内してから、槙野を見つめて婉然《えんぜん》と微笑んだ。年上の美人に艶《つや》っぽい視線を送られて満更でもないのか、槙野は嬉しそうな顔をしている。

「おい、女将。さっきの話だけどな——。おお、これは槙野刑事官。奇遇ですな。沢渡くんも一緒か」

奥から現れたのは、私服姿の署長の尾木だった。沢渡が挨拶に立ちあがりかけると、尾木は「ああ、いいから」と鷹揚に手を振った。

「ゆっくり食べなさい。私はもう食べ終わったから、これで失礼するよ。槙野刑事官もごゆっくりどうぞ」

尾木は女将と一緒に店外へと姿を消した。

「女将、本当に美人ですよね。沢渡さんもそう思いません？」

沢渡は煙草の箱から一本抜き取り、「まあな」と同意した。

「でも俺は、ああいうタイプは苦手だ」

確かに美人だと思うが無駄に色気を振りまきすぎて、圧迫感のようなものを感じる。

「へえ。では、どういう女性が沢渡さんのタイプなんですか？」

「別にタイプなんて——」

ジッポに手を伸ばそうとしたら、槙野が先に摑んだ。

「教えてくださいよ。沢渡さんが思わずドキッとするタイプ」

火をつけたジッポを差し出しながら、槙野が探るような目を向けてくる。奇妙な息苦しさを覚え、沢渡は槙野の手からジッポを奪い取った。

「……よせ。友達ごっこは、ふたりきりの時だけだって言っただろう」

槙野は「ひどいな」と苦笑した。

「沢渡さんにとっては『ごっこ』でも、私にとっては真剣なことなのに。本気で親しくなりたいと思っているんですよ」

責めるふうでもなくさらりと言われ、胸の奥が鈍く痛んだ。

余計なことを言ってしまった。もしかしたら傷つけたかもしれない。友達ごっこと言ったのは言葉の綾《あや》で、決して槙野の気持ちを軽んじたつもりはなかったのだ。

気まずさを抱えたまま竹ノ屋を出て、マンションに戻った。槙野はさして気にしていないのか、帰る道のりで今までどおりに話しかけてきたが、沢渡は口数が少なくなった。

悪かったと謝りたいのに、そのひと言が出てこない。いつもこうだ。自分は言葉が足りなすぎる。そのせいで幾度となく人間関係がこじれてきたのに、失敗を活かせないでいる。そんな自分に心底うんざりしてしまう。

「お休みのところ、つき合わせてすみませんでした」

マンションのエレベーターが三階に着き、槙野は降りていった。沢渡は開ボタンを押しながら、このままでいいのだろうかと迷った。

槙野は立場など関係なく、こんな面白みのないつまらない男に、友達になりたいと言ってくれた。そんな相手に心ならずとも侮辱するようなことを言ってしまった。悪かったと思っているならうやむやにしないで、その気持ちを言葉で伝えるべきではないか。

沢渡は意を決して、自分も三階で降りた。

「槙野、待ってくれっ」

廊下を小走りに駆け寄っていくと、先を歩いていた槙野が振り返った。

「沢渡さん？　慌ててどうしたんですか」

「さっきの。俺が悪かった」

頭を下げると、槙野は驚いた顔で沢渡の腕を摑んだ。

「急になんですか？　やめてくださいよ」

「友達ごっこだなんて、無神経な言い方したこと謝るよ。本当にごめん」

「沢渡さん……。もしかして竹ノ屋を出てから、ずっと気にしていたんですか？」

どこか呆れたようにも見える表情で聞かれ、急に恥ずかしくなった。もしかして、大袈裟すぎただろうか。

「沢渡さんって純粋なんですね。それに優しい人だ」

いきなりそんなことを言われて狼狽《ろうばい》した。純粋とか優しいとか、まったく言われ慣れていない言葉だ。どういうリアクションを取っていいのかわからない。

「お、俺は優しくなんかない」

「いいえ。優しいですよ。相手の気持ちを大事にしてくれる」

褒められるほど居たたまれなくなってくる。自分には他人の気持ちなんてわからない。わかる人間なら、もっと態度や行動に反映できるはずだ。

「俺はお前が思うような立派な人間じゃない。たったひと言ごめんって言うのにも、馬鹿みたいに悩んだ。どうしようって、ぐるぐる考え込んだ」

槙野は沢渡の腕を摑んだまま、柔らかい顔で首を振った。

「不器用なだけです。私は沢渡さんのそういうところ、大好きですよ」

「だ、大好きってお前……。そういうこと、男に向かって軽く言うなよ」

言ってから、今の言い方はおかしかったことに気づいた。男は駄目で女ならいいとも取れる言葉だ。それだと槙野の好意を特別なものだと言ってるみたいじゃないか。

「……腕、離せよ」

沢渡は赤面して腕を振り払った。

「あれ、照れてるんですか？　私が大好きって言ったから？　本当に純情な人だ」

よくまあ、そんなにすらすらと甘い言葉が出てくるものだ。もしかして天然のタラシなのかもしれない。

「もう黙れ。これ以上からかうなら、二度とうちで飯を食わせないぞ」

踵《きびす》を返して歩きだすと、今度は槙野があとを追ってきた。

「なんでついてくるんだよ？」

「沢渡さんちで、お茶でも飲みましょう。ね、いいでしょう？」

ニコニコしながら言うので断りづらくなった。沢渡は「しょうがねぇな」と呟いた。

だがエレベーターの前まで来て、急に気が変わった。槙野に謝ったように、沢渡にはもうひとり謝りたい人がいた。今さら謝ったところでどうなるものでもないが、そうしておかないと、ずっと気にかかってすっきりしない。

「悪い。やっぱりお前帰れ。俺は行くところができた」

「買い物ですか？　だったら私も一緒に――」

「違う。俺、今から相下主任の家に行ってくる。奥さんにどうしても言っておきたいことがあるんだ」

沢渡の突然の言葉に、槙野は目を丸くした。

3

「突然お邪魔して申し訳ありません」

沢渡《さわたり》と槙野《まきの》の不意の訪問に浅子《あさこ》は困惑顔だったが、捜査のために来たのではなく、個人的に話したいことがあるのだと説明され、渋々ながらもふたりを家に入れてくれた。

「昨日はバタバタしていて、お線香も上げずに失礼しました」

和室の隅に置かれた仏壇には、今しがた沢渡と槙野が供えた線香の煙が上がっている。槙野は自分も一緒に行くと言って聞かず、結局ついてきてしまった。

「……ところで、お話ってなんでしょうか？　またあのことでしたら、本当に何もお話しすることはありませんから」

座卓の向こうで、浅子が先手を打つように早々に切りだした。

「奥さんに謝りたいことがあって来ました」

「謝る？　なんのことですか？」

「俺は椙下《すぎした》主任の自殺に、責任を感じていたんです。ずっと後悔があったから、自殺の原因をどうしても知りたかったんです」

訝《いぶか》しそうに眉根を寄せる浅子に、沢渡はあの日、相下と交わした会話の一部始終を語って聞かせた。

「あの時、相下主任は何か話したそうでした。俺はあの人の様子が変だと気づいていながら、何も言ってあげられなかった。もし俺が一緒に酒を飲んで、主任の話を聞いてあげていたら、あの人は自殺を思い留まっていたかもしれない。……すみませんでした」

頭を下げながら思った。そうだ。まずはここから始めなければいけなかったのだ。自分は出発点を間違っていた。

浅子はぼんやりとした顔で座卓の上を見つめている。しばらくしてから、やっと口を開いた。

「……今さら謝られても困ります。あなたがどれだけ頭を下げても、もう主人は帰ってこないんですから」

沢渡はそのとおりだと思い、怒りの言葉も悲しみの言葉も、あるいは罵《ののし》りの言葉でもなんでも聞くつもりで、浅子の次の言葉を待った。

「謝って主人が生き返るなら、私も謝りたい。何度だって謝りたい……っ」

浅子の口から出たのは、意外にも後悔の言葉だった。

「謝りたいのに、それもできないなんて……」

感情が高ぶったのか、浅子は震える手で口もとを覆った。

「どうしてですか？　奥さんはなぜご主人に謝罪したいのですか？」

それまで黙っていた槙野が尋ねた。

「おふたりの間で、謝らないといけないようなことがあったのでしょうか？」

取り調べのような事務的な口調だったので、沢渡は思わず「よせ」とたしなめた。しかし浅子は顔を歪《ゆが》め、「そうです」と強く頷《うなず》いた。

「私もあの人に謝らないといけないんです。……主人が自殺する前日のことでした。いきなり、もし俺が警察を辞めたらどうするって聞かれたんです。このところ、主人がずっと何かを思い悩んでいるとわかっていたのに、私はあなたが無職になったら困るわよって、冗談っぽく答えました。子供は高校生ですし、まだまだ頑張ってもらわなくちゃ、そう思って励ますつもりで言ったんです。……もしあの時、私が構わないって答えていたら、主人も気持ちが楽になって、自殺なんてしなかったかもしれない。私が、私が主人を追い詰めてしまったんです……っ」

浅子の後悔は、沢渡のそれよりもはるかに深い。妻だからこそ、家族だからこそ、切実な傷を負っている。それがわかるからやるせなくなった。

「相下主任は仕事のことで悩んでおられたのですよね？　本当に何か聞いてませんか？」

槙野が尋ねると、浅子は力なく首を振った。

「何も。もともと、家では仕事のことは話さない人でしたから」

浅子の悲痛な表情を見ているのが辛《つら》くなり、沢渡は頃合いを見計らって腰を上げた。帰り際、玄関先で楨野がまた浅子に質問した。

「奥さん。空き巣の件ですが、本当に何も盗まれていませんでしたか？　金品でなくてもいいんです。何かお気づきのことがあれば教えてください」

楨野の態度に違和感を覚えた。楨野はなぜそこまで、この事件にこだわるのだろうか。

「……あの」

浅子は躊躇《ためら》うように、沢渡と楨野を見た。話すべきかどうか迷っているようだ。楨野は言葉を重ねた。

「なんですか？　何か心当たりでも？」

「もしかしたら、私の勘違いかもしれないんですけど……」

浅子はそう前置きをしてから、ふたりを再び室内に招き入れた。案内されたのは、相下が使っていたという書斎だった。

「主人が亡くなる前日に掃除をしていて、机の上に淡いオレンジ色の大学ノートが置かれてあるのを見たんです。日付や数字がたくさん書かれた、何かの覚書みたいなノートでした。私はそれを一番上の引き出しにしまったんですけど、昨日、刑事さんたちが帰ってから、ここの片づけをしていて、そのノートが消えていることに気づきました」

「犯人が盗んでいったんでしょうか？」

「わかりません。もしかしたら、次の朝に主人が署に持っていったのかもしれませんし」

沢渡は考え込みながら質問を続けた。

「相下主任の私物は、署からすべて奥さんの元に届けられていますよね。その中には？」

「ありませんでした」

消えた一冊の大学ノート——。泥棒がそんなものを盗んでいくとは思えない。相下が持ち出したと考えるほうが自然だった。

ふたりは相下の家を辞して、マンションに帰ってきた。槙野が当然のように沢渡の部屋に上がり込んでしまったので、また夕食をつくってやる羽目になった。

「ノートを盗んだのは、やっぱり空き巣なんでしょうか」

食後にソファーで缶ビールを飲みながら、槙野が解せないという顔で呟《つぶや》いた。

「そんなものを盗んでなんになるんだ。きっと仕事に関するもので、相下主任が署に持っていって誰かに渡したんだろう」

「そうでしょうか？　金品があるのに、そっちには手をつけなかったんですよ？　目的がそのノートだったと考えるほうが妥当じゃないですか？」

うーん、と沢渡は缶ビールを呷《あお》った。

「まあ、確かに可能性がないとは言い切れないな。……仕事の合間に、周辺の聞き込みでもしてみるか」

「課長にばれたら、大目玉じゃないですか？」

「その時はその時だ。どうせ俺はいつも怒られてばかりだから、今さら何を言われても構わない」

槙野はフッと微笑《ほほえ》んで、意味ありげに沢渡を見つめた。

「……なんだよ？」

「いえ。沢渡さんって、本当にいいなと思って」

「い、いいってなんだよ」

「言葉どおりの意味ですよ。……風呂、借りますね」

槙野が浴室に姿を消すと、妙な溜《た》め息《いき》が漏れた。

沢渡は他人から、あからさまな好意を向けられることに慣れていない。そのせいか槙野が何か言うたび尻がもぞもぞするような、なんとも言えない気持ちになってしまう。

だが決して不快なものではなかった。むしろこそばゆいような、嬉《うれ》しいような、ドキドキするような――。

「……ドキドキ？　馬鹿か、俺は」

独り言を口にしてソファーの上に横になった。少し飲みすぎたので思考が緩慢になって、とりとめのないことばかり考えてしまう。

目を閉じていても、なぜか槙野の顔がちらついて仕方がない。それにどういうわけか、槙野のことを考えると心が騒ぐのだ。

――もしかして、俺はそっちの気《け》があるんじゃないのか？

そう冗談っぽく自分に尋ねてみたら、急に不安になってきた。沢渡はこの年になっても、誰かに対して強い恋心を持ったことがない。昔、つき合っていた彼女のことは好きだったが、恋しているという感じではなかった。そんな自分のことを、ただの恋愛音痴だと思っていたが、もしかして興味がないのは恋愛ではなく、女性だったのではないだろうか。

「いやいや。それはない」

また独り言をこぼし、自分の思いつきを否定するように、さらに強く目を閉じた。

昔から女性より同性と一緒にいるほうが気楽で楽しかったが、だからといって、今まで一度だって男に惚《ほ》れたことも欲情したこともない。槙野にどぎまぎしてしまうのは、単に過剰な好意を寄せられ、戸惑っているだけだ。

だけど、とまた疑念が湧《わ》いた。男からあからさまに懐かれたら、普通は「こいつ、ホモじゃないのか?」と引いたり、気持ち悪く感じるものではないだろうか。槙野の好意に困惑はしても、嫌悪をまったく抱かないのは、そっちの素質があるからなのか。

三十三歳にもなって、自分の性癖に疑問を感じるとは思いもしなかった。自分を悩ます槙野が、少しだけ憎らしい。

槙野が使うシャワーの水音がかすかに聞こえてくる。その音を聞いているうち、瞼《まぶた》が重くなってきた。酔っていたせいもあり、沢渡はいつの間にかそのまま眠り込んでしまった。

「――沢渡さん。起きてください」

肩を揺すられ、瞬きをして目を開ける。槙野が上から覗《のぞ》き込んでいた。風呂上がりのせいか眼鏡《めがね》はない。

眼鏡のある顔は隙のないエリートビジネスマンのようだが、ない時は絶世の貴公子みたいに見える。どっちにしても、きれいな男だった。

ぼんやり眺めていると、槙野が薄笑いを浮かべた。

「眠そうですね。休むならベッドに行ってください」

「いい。ここで寝る」

心地よい眠気に襲われ、動くのがひどく億劫《おっくう》だった。

「駄目ですよ。そんなところで寝ると風邪引きます。……起きないなら、キスしますよ。そしたらびっくりして一発で目が覚める」

からかうような口調で言われ、不意に反発心が芽生えた。そんなふうに言えば、俺が慌てて飛び起きるとでも思っているのか。

いつもいつも、自分ばかり振り回されているようで面白くない。たまには自分がこの男を振り回してみたい。心のどこかで、そんなふうな想いが湧いた。

「……できるもんなら、やってみろ」

口が勝手に動き、ボソッと呟いていた。槙野の表情に驚きの色が浮かんだ。そう返されるとは思いもしなかったのだろう。少しだけ、してやったりの満足感を味わった。

だが沢渡が優位に立てたのは一瞬だった。槙野はすぐに驚きを消し去り、唇の両端を引き上げた。――いつもの親しみのある笑みではなく、何か危険なものを含んだ微笑だった。初めて見る表情だった。

伸びてきて槙野の濡《ぬ》れた髪から一滴の雫《しずく》が落ち、沢渡の唇を濡らした。

形のいい長い指が、その雫をそっと拭《ぬぐ》い取る。すべてがスローモーションのようだった。

唇に触れる槙野の指。他愛のない接触なのに、過剰なほどに心臓が大きく跳ね上がった。

「いけない人ですね。そんな誘うような目で私を見るなんて」

槙野の言葉に頭の中が真っ白になった。

誘う？　誰が誰を？　一体、なんの話だ？

槙野の顔がゆっくりと近づいてくる。――まさか。まさかだよな。こんなの嘘だろう。

「他の誰にも、そんな無防備な顔は見せないでください」

吐息が触れるほどの距離で低く囁《ささや》かれ、沢渡は思わず目を閉じた。こういう場面で目を閉じればどうなるか、わからないわけではない。だがこれ以上、槙野と見つめ合うことはできなかった。

あの目。あの眼差し。すべて持っていかれてしまいそうで、どうしても耐えられない。

案の定、槙野の唇が重なってきた。軽く嚙《か》むように唇で唇を挟まれ、その柔らかな感覚に目《め》眩《まい》がする。予想しながらも衝撃は大きかった。

――こいつ、本当にキスしやがった。

男同士でキスなんておかしい。早くやめさせなくてはと思っているのに、魔法にかかったように身体がまったく動かない。

槙野の舌先が、スルッと滑り込んできた。唇より柔らかく、そして熱い舌が、口腔《こうこう》内を自在に泳ぎだす。槙野の舌に歯列を舐《な》められ、舌をからめ取られ、口蓋までくすぐられる。

そんなところは他人に触れられたことがない。生まれて初めて知る感覚に、ゾクッとして背筋が震えた。

「……まき……ん――」

漏らす声まで呑み込まれ、全部を占領されていく。たかが口と口の接触なのに、自分のすべてを槙野に奪われていくようだ。

唾液《だえき》で濡れた唇がヌルヌルと擦れ合う。感じやすい舌を甘噛みされ、きつく吸い上げられる。槙野が何かするたび身体は芯から熱くなり、ぐずぐずにとろけそうになった。

抵抗もできないまま、槙野の舌の動きに翻弄《ほんろう》されながら思った。どうかしている。俺は本当にどうかしている。男にキスされて嫌悪をまったく感じていないなんて。それどころか気持ちよすぎて股間《こかん》まで熱くなってきた。

こんなの俺じゃない。絶対に俺じゃない――。

クチュッと濡れた音を立てて、ようやく槙野の舌が出ていった。安堵《あんど》とも落胆ともつかない溜め息が、沢渡の唇からこぼれる。

身体を起こした槙野が、吐息だけで薄く笑った。

「キスひとつでそんな顔をするなんて、本当に可愛い人だ」

そんな顔ってどんな顔だ。そう言ってやりたいが、言葉が出ない。

「……お前」

ようやく出た声は、みっともなくかすれていた。

「お前、ゲイなのか……？」

「いえ、違います」

ホッとした次の瞬間、槙野が言葉を続けた。

「強いて言うなら、バイセクシャルです。男も女もいけるので」

バイセクシャル。なんだか節操がない分、余計質《たち》が悪い気がする。

「今のキスに意味があるのか？」

ただの悪ふざけですよ。そういう返事を期待したのに、槙野はこともなげに「あるに決まってるでしょう」と言い切った。

「あなたが好きだから、我慢できなくてキスしたんです」

沢渡は混乱しながら槙野から視線をそらした。

「……じゃあ、友達になりたいって言ったのは、嘘だったのか？」

「いいえ。本気でそう思ってます。沢渡さんと友達になりたい。でももし叶うのなら、それ以上の深い関係にもなりたいと思っている。欲張りな男なんですよ」

槙野は立ち上がり、額に落ちた濡れた前髪をかき上げた。

「驚かせてすみません。すべて私の勝手な考えなので、沢渡さんは気にしなくてもいいですよ。どうか今までどおりの態度で、私とつき合ってください。……帰ります。お休みなさい」

槙野がいなくなり玄関のドアが閉じる音が聞こえると、沢渡の口から大きな溜め息が落ちた。今頃になって心臓が躍り、顔が赤くなってくる。

何が今までどおりだ。勝手なことを言うな。

男にキスされて、そのうえ好きだって言われて、気にしないわけがないだろう。


「沢渡さん。今日はもう切り上げますか」

石丸《いしまる》はそう言うと、何杯目になるのかわからないコーヒーを不味《まず》そうに飲み干した。視線は斜向《はすむ》かいに建つ、とあるアパートの一室に向けられている。

「そうだな」

沢渡も何本目になるのかわからない煙草を、灰皿で揉《も》み消した。深夜近い時間帯なので、ファミレスの店内も閑散としている。

行方をくらましていた指名手配中の窃盗常習犯が、またこの町に現れたというタレコミが四日前にあった。それで沢渡と石丸は、犯人の元妻のアパートを監視しているところだった。

離婚後もふたりがひそかに連絡を取り合っているという情報は掴《つか》んでいる。盗犯係では元妻を見張っていれば、いずれ犯人が現れると踏んでいた。

元妻の部屋の灯りが消えたので、沢渡と石丸は捜査を終了してファミレスを出た。

「あ、そうそう」

酔客が行き交う繁華街を歩いている時、石丸が大きな声を出して沢渡を振り返った。

「槙野刑事官の噂《うわさ》、知ってますか?」

いきなり槙野の名前を出されてドキッとした。

「噂って……?」

連日の深夜にまで及ぶ張り込みのせいで、キスされた夜以来、槙野とはほとんど顔を合わせていなかった。

「刑事ごっこ、やってるらしいですよ」

「刑事ごっこ?　なんだ、そりゃ」

沢渡が眉間《みけん》にしわを寄せると、石丸はくすくす笑い「それがですね」と話し始めた。

「相下主任の家に空き巣が入った例の事件、槙野刑事官が近所を聞き込みしてまわってるそうなんですよ」

「なんだって？」

意外な話を聞かされて驚いた。槙野がひとりで聞き込みをしていることなど、まったく知らなかったのだ。

「課長がいくら止めても、これも勉強のうちですからって聞く耳を持たないで、勝手にやってるらしいですよ。本当に変な人ですね」

自分がするはずだった聞き込みを、槙野が代わりにやっている。捜査を手伝うと言ったあの言葉は本気だったのだ。

「あっ。噂をすればなんとやらですよ！」

石丸が沢渡の肘《ひじ》を引っ張った。指差したほうを見ると槙野がいた。通りの向こうを歩いている。槙野はひとりではなかった。

「あれ？　隣にいるのって、もしかして竹ノ屋《たけのや》の女将《おかみ》じゃないですか？」

「みたいだな」

スーツ姿の槙野と腕を組んでいる相手は、間違いなく竹ノ屋の美人女将だった。いつもはキリッと束ねている長い髪を解き、槙野に寄りかかるようにして歩いている。

ふたりはぴったりと身体をくっつけ、ラブホテルが建ち並ぶ路地へと入っていった。

「うわー。えらいもの見ちゃいましたね。女将、署長から槙野刑事官に乗り換えたのかな」

石丸の言葉が素通りしていく。思考力が完全に停止していた。どうしてこれほど動揺しているのか自分でもわからないが、とにかくショックだった。

「沢渡さん、どうするんですか？」

呆然《ぼうぜん》としていた沢渡は、石丸の言葉で我に返った。

「な、何が……？」

どうするって言われても、俺はただあいつに好きだって言われただけで、別にまだつき合っているわけでもないし、だから槙野が女とホテルに入ったところで、それを責めるのもなんだか違う気がするし——。

「だって沢渡さん、槙野刑事官のお目付役なんでしょう？」

そう言われて自分の役目を思いだした。沢渡は槙野の私生活には目を配るよう言われている。石丸の「どうする」はそっちのことだったのだ。馬鹿馬鹿しい思い違いをした自分が恥ずかしくて、顔から火が出そうだった。

「あれはやばいんじゃないですか。課長に報告したほうがいいかもしれませんよ。署長にばれたらえらいことです」

「……あ、ああ、そうだな。考えておく」

赴任早々、女性問題を起こされては困る。しかし霜田《しもた》に報告する前に、まずは本人の口から話を聞いたほうがいい。まだ槙野と女将が深い関係にあると決まったわけではないのだから。

沢渡は心ここにあらずの状態で、石丸と一緒に署に戻った。帰り支度を済ませて署を出ようとした時、廊下で外から帰ってきた強行犯係の丸井《まるい》と須山《すやま》とすれ違った。

「沢渡よ。お前の相方、変なことやってんだって?」

丸井の口調はきつかった。隣にいる須山も険しい表情をしている。

「相方って……槙野刑事官のことですか?」

「そうだよ。お前が面倒見るよう署長から頼まれてんだろ? あのお坊ちゃん、相下主任の家で起きた空き巣事件、ひとりで嗅ぎまわってるそうじゃないか。現場には現場のルールってもんがあるんだ。キャリアなんかに現場の仕事に顔突っ込ませるな。お前が責任持ってやめさせろ。いいな?」

丸井は一方的に言い放ち、須山を引き連れて足早に去っていった。

確かに槙野のやっていることは、現場の刑事からすれば面白くない。だが強行犯係の仕事に首を突っ込んでいるわけではないのだから、沢渡に言わせれば大きなお世話だった。やめさせたければ自分で槙野に言えばいいのだ。

帰宅した沢渡は風呂に入ってから、散々迷った末、槙野の携帯に『帰宅したら、何時でもいいからうちに寄ってくれ』というメールを送った。

何も今夜、急いで真実を問い質《ただ》さなくてもいいのだが、槙野の口から本当のことを聞くまでは、気になって眠れそうになかった。

一時を少しまわった頃、槙野がやって来た。手にコンビニの袋を下げた槙野は、機嫌よく沢渡の部屋に上がった。すれ違い様、酒の匂いに混じって女物の香水がほのかに漂ってきた。

「これ、そこのコンビニで買ってきたデザートです。沢渡さんと一緒に食べようと思って、買ってきました。甘いもの、平気ですか?」

槙野はテーブルの上に袋を置いて椅子に腰かけた。沢渡は座らず、立ったままで槙野を眺めた。

「やけに機嫌がいいな。何かいいことでもあったのか?」

尖《とが》った声が出た。表情も硬くなっているのが、自分でもわかる。

「ええ。沢渡さんから初めてメールをもらったから、それで浮かれているんです」

甘い言葉には騙《だま》されないぞと、沢渡は頬を引き締めた。

「へぇ。俺はまたどこかの年増美人とのデート帰りだから、そんなに浮かれているのかと思ったよ」

言ってから、今のは浮気してきた恋人への嫌味みたいだな、と思った。

「なんのことですか?」

槙野はまったく動揺もせず、平然と微笑んだ。その態度にカッとなった。素直に認めるならまだ可愛げもあるのに、白を切るつもりなのか。数日前、好きだと言ったくせに、あんなキスをしてきたくせに、もう他の女にうつつを抜かすなんて、この男はどれだけ軽薄なんだ。

「誤魔化すなよ。この目で見たんだよ。お前と竹ノ屋の女将が、ラブホ街に入っていくところをな。俺だけじゃないぞ。石丸も目撃している」

「……ああ。そのことですか。でも誤解ですよ。女将とは一緒に食事をしただけで、別に何もありませんでした」

あくまでも認めない気でいるのだ。沢渡はこの野郎と思いながら、テーブルを叩《たた》いた。

「白々しい嘘はやめろっ。お前から甘ったるい香水がプンプン匂ってくるんだよ。女将と寝てきたんだろう?」

怒鳴るように言い放つと、槙野の顔から笑みがスッと消えた。

「それ、本気で言ってるんですか?」

眼鏡の奥の双眸《そうぼう》は、見たことがないほど冷ややかだった。

槙野は静かに立ち上がり、沢渡のそばにやって来た。あまりの迫力に無意識のうちに後ずさってしまい、背中に壁が当たる。

「私はあなたが好きだと言ったはずです。なのに、なぜ他の女と寝るっていうんですか？」

壁に両腕をついて沢渡の退路を断ってから、槙野が低く問いかけてくる。

「……ホテルがある場所で、腕を組んで歩いていた」

「歩いていただけでしょう？　ホテルに入るところも見たんですか？」

「それは……。だけど、あんな場所にいたら、普通誰だって――」

「私はあの辺りがホテル街だとは知りませんでした。女将にいいバーがあると言われ、彼女の言うとおりに道を歩いていただけです」

そう言われると、段々と自信がなくなってきた。確たる証拠もないのに頭からホテルに行ったと決めつけてしまったが、もしかしたら早とちりだったのかもしれない。だとしたら自分が全面的に悪い。

沢渡が目を伏せて黙り込むと、槙野は深い吐息をついた。

「ねぇ、沢渡さん。好きだって言ったこと、もしかして信じてなかったんですか？」

「そ、そういうわけじゃないけど。……でもまだ出会ってすぐだし、男同士だし、いきなりのことで、俺もどう受けとめていいのかよくわからなくて、それで……」

語尾が頼りなく消えていく。自分に非があるのだと思い始めると、弱気になるのを止められなかった。

「じゃあ、どうしたら信じてもらえますか?」

そんなこと聞かれても、わかるわけがない。黙ったままでいると不意に槙野の手が動き、胸のあたりを撫《な》でてきた。

「お、おい……?」

「いっそ行動で示しましょうか? そのほうが、あなたも私の気持ちがどういうものか、実感できるでしょうから」

槙野の手は胸から腹に下がり、さらに際どい部分に当てられた。反射的に腰が退《ひ》けたが、後ろに壁があるので逃げられない。

「怖がらないで。ひどいことなんてしません。気持ちよくしてあげるだけですよ」

耳もとで囁かれ、頬がカッと熱くなる。

「触るな……っ」

咄嗟《とっさ》に槙野の腕を摑んだが、呆気《あっけ》なく振りほどかれた。優男に見えるが腕力がある。

「駄目ですよ。抵抗されると興奮して歯止めが利かなくなる。あなたに無茶なことはしたくない。だから大人しく私に可愛がられてください」

深みのある甘い声で色っぽく囁かれ、息が詰まる。普段ならそんなふうに言われたら、馬鹿にするなと怒って殴っていただろう。でも今は怒れない。槙野のペースに完全に巻き込まれている。

大きな手で股間を揉まれ、甘い電流が背筋を駆け上がった。

「あ……っ」

大きな手で容赦なく雄を刺激される。沢渡は歯を食いしばった。そうしないと、うっかり変な声が漏れそうだった。

どうしてこんなことを許しているのか、自分でもわからない。けれど戸惑う心とは裏腹に、身体は素直な反応を返してしまう。淫《みだ》らな刺激を与えてくる槙野の指に、まったく逆らえないでいる。

沢渡のペニスを完全に勃起《ぼっき》させた槙野は、床に跪《ひざまず》いてパジャマのズボンの上から股間に唇を押し当てた。薄い生地越しに、ほのかな熱がジワッと伝わってくる。

「馬鹿、やめろよ……っ」

沢渡が頭を押しやっても、槙野はやめようとしない。それどころかウエストのゴムを摑んで、下着ごと一気に引き下げた。

沢渡のペニスは一旦ゴムに引っかかり、その反動で弾かれたように自分の腹に当たった。

「元気がいい」

フッと微笑まれ、羞恥に頰が染まった。槙野は反り返ったものを手で摑むと、躊躇いもなく深く口に含んだ。いきなりの事態に思考が追いつかない。

何がどうなって、こうなってしまったんだ。

こんなの嘘だ。槙野にフェラチオされているなんて——。

「ん……っ」

混乱しながらも熱い粘膜に包まれ、我慢できず甘い声が漏れる。槙野の口腔は信じられないほど心地よく、沢渡は一瞬にして快楽の奔流の中に突き飛ばされた。

「や……まき……、やめ……っ」

先端の小さな割れ目も、くびれた部分も、感じやすい裏筋も、どうにかなりそうなほど丹念に舐められた。理性を麻痺《まひ》させるような深い快感に包まれ、まったく抵抗などできない。

「沢渡さんのことだから、風俗なんて行ったりしないんでしょうね」

手の中でふたつの膨らみを転がしながら、槙野が話しかけてきた。もう片方の手は唾液で濡れそぼったペニスを扱いている。

「誰かにこんなことをされるのは、久しぶりですか？」

認めるのが癪《しゃく》で、沢渡は息を乱しながら沈黙を貫いた。いたたまれなくなって槙野の頭を摑み、押しのけようとしたが、逆にその手を摑まれた。

「もう、よせ……。こんなこと、俺はしたくない」

「嘘つき。本当はやめてほしくないくせに」

槙野は自分を見下ろす視線を受け止めながら、沢渡の指を舐め始めた。そこがまるで性器だとでも言わんばかりの、いやらしい舌使いだ。

人差し指も、中指も、薬指も、すべての指を呑み込まれた。指の股も犯され、手のひらから手首まで愛撫《あいぶ》される。たかが手への刺激なのに、目眩がするほど感じた。

「ほら、気持ちいいでしょう？　たまらないでしょう？　もっと感じていいんですよ。いくらでも舐めてあげますから」

槙野は艶然《えんぜん》と微笑み、再び沢渡の芯を咥《くわ》えた。怒張した猛々しいペニスを呑み込む、きれいな唇。現実感のない光景に頭がクラクラする。

止められない。自分には、この男のすることを止めることができない。そう悟ったせいか、さっきより快感はさらに強くなり、次第に自堕落《じだらく》というか自暴自棄な気持ちになってきた。

もういいと思った。もうどうにでもなれ。行き着くところへ行ってしまえ。

「ん……はぁ、あ……っ」

静かな部屋に、沢渡の荒い息だけが響いている。男に股間を嬲《なぶ》られ、こんなにも高ぶっている自分を異常だと思う一方で、槙野の口でもっと激しく愛され、最後まで極めてしまいたいと切望している。一度火がついた男の欲望は、吐き出すまで収まることがない。

槙野の動きが激しくなる。音が響くほど激しく淫らにしゃぶられ、沢渡は壁に強く後頭部を擦りつけた。射精の瞬間が近づいてくるのがわかる。

駄目だ。もう我慢できない。こんなに気持ちいいのに、我慢なんてできるはずがない。

「槙野、口、放せ……っ。もう……、い、達く……っ」

懇願するように切羽詰まった声で訴えたが、槙野は顔を上げない。最後まで唇で責め立てる気でいるのだ。

あのきれいな唇を、自分の精で汚す。いけないと思いながらも倒錯した興奮に襲われ、沢渡はギュッと目をつぶった。

その瞬間、熱いものがこみ上げ、沢渡は堪えきれず槙野の口に白濁を放った。

「ん……くぅ……っ」

あまりに激しい快感に、腹筋がビクビクと痙攣《けいれん》する。槙野は当然のように沢渡の出したものをすべて飲み干し、最後に清めるように、幾分柔らかくなったペニスを舐め回した。達ったばかりで敏感になっているので、ねっとりとしゃぶられ、腰が震える。

脱力して壁に背中を預けていると、槙野が下着とズボンを引き上げてくれた。目線の高さが同じになったら、途端に激しい羞恥を感じてたまらなくなった。

やっちまった。男にしゃぶられて達かされてしまった。

「これで少しはわかってくれましたか?」

槙野はまた壁に両腕をついて、うつむく沢渡の顔を覗き込んできた。

「何が……」

「私の気持ちです。まだわからないというなら、もっといろんなことをしましょうか」

ギョッとして顔を上げると目が合った。

「女将とは何もありませんでした。信じてくれますか?」

怒っているのかと思えるくらいに真面目な顔だった。槙野は嘘をついていない。それだけは確かなことで、疑って決めつけたのは自分の落ち度だ。そこだけは認めないといけない。

「……信じるよ」

そう答えたものの、なんだかフェラチオで懐柔されたみたいな状況になってしまい、面白くなかった。話し合えば済んだことなのに、槙野は暴走しすぎだ。

「でも、なんで女将と一緒にいたんだよ」

「女将にどうしても聞きたいことがあって、食事に誘ったんです。ところが女将に気に入られてしまって、危うくホテルに連れ込まれそうになりました」

しれっとした顔で言う。やっぱりホテルが目的であそこを歩いていたのだ。

「あ、誤解しないでくださいよ。本当に行ってないんですから。私はそんなつもりはいっさいなかったので、とっとと逃げてきました」

「でもお前、女将のこと美人だって褒めてたじゃないか。よく断れたな」

槙野は澄ました顔で、眼鏡のブリッジを指先で押し上げた。

「沢渡さんの前で女将を褒めたのは、沢渡さんの気持ちを知るためです」

「は？　どういう意味だよ」

「鈍いですね。沢渡さんが女将に気がないかどうか、反応で確かめていたんですよ」

思わず「馬鹿じゃないのか」と言い返していた。

「馬鹿とはひどいですね。沢渡さんの周囲にいる女性は、私にとってみんなライバルなのに」

槙野は珍しく拗《す》ねたような顔つきになった。

「とにかく、私が好きなのは沢渡さんだけですから。それだけはわかっておいてくださいね？　いいですか？」

何度もしつこく念を押すので、仕方なく「わかったよ」と答えざるを得なかった。

「よかった。遅いので、今夜はもう帰ります。おやすみなさい」

沢渡の誤解が解けて安心したのか、槙野は機嫌よく帰っていった。ひとりになると一気に気が抜けてしまい、沢渡はベッドに倒れ込んだ。

なんだったんだ、あのフェラチオは。誤解したのは悪いと思うが、だからといって、どうして当然みたいにあんな真似をされなきゃいけないんだ。

槙野はそっちが悪いと言いたげに堂々と仕掛けてきたが、そうなのか？　あんなの、ただしたかっただけじゃないのか？

「あ」

枕に頬を押しつけながら、沢渡は声を漏らした。尋ねそびれてしまったが、槙野は女将に何を聞きたかったのだろう。食事に誘って、相手のご機嫌を取ってまで聞き出したかったのだから、大事なことに違いない。

気になったが、それだけのために電話をかけるのも面倒だった。

明日にでも聞けばいいか。それよりも、あれだ――。

ろくな抵抗もできず、男にあっさり抜かれてしまった。やっぱり自分はゲイなのだろうか。それとも単に欲望を刺激され、一時的に理性を失っただけなのだろうか。

後者であればいいと思うが、もしそうだとすると女将のことにあれだけショックを受けた理由がわからない。いくら好きだと言われた相手でもなんとも思っていないなら、誰とつき合おうが自分には関係ないと思い、冷静でいられたはずだ。

自分がゲイなのかどうかは、今はまだわからない。はっきりしているのは、槙野に対して今まで誰にも感じたことがない特別な感情を、確かに持ち始めているということだけだった。

4

「先週の金曜日ねぇ。どうだったかしら」

エプロン姿のふくよかな中年女性は、首をひねりながら槙野の顔をチラッと見た。さっきから女性の目は槙野に釘付けだ。きっと後で「ものすごく格好いい刑事さんが、聞き込みに来たのよ！」と近所の奥さんたちに話して回るに違いない。

「不審な人物は見かけませんでしたか。些細《ささい》なことでもいいんです。お気づきのことがあれば、なんでも話してください」

槙野が熱心に訴えると、女性は「そうねぇ」とまた槙野の顔を見た。槙野に任せておいたほうがよさそうなので、沢渡は黙って見守っている。

女性は椙下の家のすぐそばにある花屋の店主だった。店は通りに面してオープンなつくりになっているので、もし犯人がここを通っていれば、目撃している可能性がある。

しかし女性は「悪いけど、何も覚えてないわ」と残念そうに呟いた。沢渡と槙野は女性に礼を述べ、また住宅街を歩き始めた。

「目撃情報って、なかなか取れないものなんですね」

槙野が軽く溜め息をつき、コートの襟もとをかき合わせた。今日は曇っているうえ、風が強いので寒さがこたえる。

「こういうのは根気強くやるしかない」

槙野がひとりで捜査していると知り、沢渡もじっとしていられなくなった。今日は休日だが、休み返上で槙野とふたりで聞き込みにやって来たのだ。もちろん課長にばれれば大目玉だ。

「……なあ。お前、なんでそんなに一生懸命なんだ？」

槙野は沢渡のように生前の相下を知っているわけでもないし、現場の捜査員でもない。経験を積みたい気持ちがあるとしても、たかが空き巣にこれほど執着する理由がわからなかった。

「沢渡さんのお手伝いがしたいんです。少しでも役に立ちたいという気持ちは、迷惑ですか？」

「べ、別に迷惑じゃないけど」

真面目な顔で自分のためだと答えられ、沢渡はなぜか顔を赤らめた。あのフェラチオの一件以来、どうにも槙野の顔を直視できない。つい意識してしまうのだ。

「だったら一緒にやらせてください。ね？」

槙野が微笑んだ。沢渡は無愛想に頷いたが、内心では槙野の言葉に感激していた。なんの得にもならないのに、自分と一緒に頑張りたいと言ってくれるその純粋な気持ちが、素直に嬉しかったのだ。

どこにいても孤立しがちだった。協調性に欠ける。命令を守らない。勝手に動き回る。検挙率は上がっても、自分の点数だけ稼ぎたいんだろうと陰口を叩かれ、上司だけでなく同僚からも疎まれることは少なくなかった。

いつからか、他人に理解なんてされなくてもいいと達観してしまい、自分からひとりでいることを選んでいた気がする。けれど本当は誰かに理解され、励まされたかったのだと、槙野を通じて思い知らされた。ひとりでも平気だと思い込んでいたが、本音ではそうじゃなかった。

「沢渡さん。今度は西側のほうに行ってみましょうか」

「ああ。そうだな」

沢渡が答えた時、背後から「刑事さんっ」と大きな声が飛んできた。振り返ると、さっきの花屋の女性が走り寄ってくるのが見えた。女性はひとりではなく、同じ年齢くらいの別の女性を伴っていた。

「あのね、この人が先週の金曜日のお昼過ぎくらいに、不審な男を見かけたんだって。ね、高《たか》木《ぎ》さん、そうなんでしょう？」

眼鏡をかけた痩《や》せ気味の女性は大きく頷いてから、花屋の店主に小声で「ホントに男前ね」と耳打ちした。花屋の店主は自慢げに「でしょう？　どっちもいい男」と返事を返した。

「どんな男でしたか？　詳しく聞かせてください」

沢渡が切り出すと、眼鏡の女性は少し興奮した様子で話し始めた。

「ええっと、金曜日の十二時半くらいだったと思います。そこに空き地があるでしょう？」

女性が指さした方向を見ると、住宅と住宅の間に野ざらしになった空き地があった。

「あそこ、私の父の土地なんですけど、すぐに不法駐車されちゃうんですよね。あの日は確か買い物帰りにここを歩いていたら、空き地に白い乗用車が停まっていたんです。中から二人組の男が下りてきました。文句を言ってやろうかと思ったんですけど、ちょっとなんて言うか……あんまり目つきがよくない人たちで、私も尻込みしちゃって」

車種まではわからないが、車はフォードアのセダンだったと女性は証言した。男たちの年齢は三十代半ばくらいで一応スーツ姿だったらしいが、サラリーマンっぽくは見えなかったらしい。

「何か特徴はありませんでしたか？　人相とか体型とか」

沢渡が重ねて聞くと、眼鏡の女性は奇妙なことを言いだした。

「あります。ブルース・ブラザース」

「は……？」

目を丸くしたのは沢渡だけではなく、花屋の店主もだった。

「なぁに、それ？」

「あら、知らないの？　アメリカのコメディアンでいたじゃない。黒いスーツを着て、黒いサングラスかけた二人組」

そういえば、昔そういう映画があったな、と思いだした。しかし、いまいちピンとこない。

「では、そのふたりもそういう格好を？」

「あ、そうじゃなくて。体型がよく似ていたんです。ブルース・ブラザースって太ったチビと痩せたのっぽのコンビだったから、そのふたりを見たらパッと思い浮かんだの」

女性はまた空き地のほうを指さした。

「そのブルース・ブラザースみたいなふたりは、怖い顔であっちの方向に歩いていきました。周囲をキョロキョロしていて、なんだか挙動不審な感じだったから嫌な印象を受けたんですよね」

女性が言った『あっち』の方向には、椙下の家がある。重要な手がかりかもしれないと沢渡は考えた。

念のために女性の連絡先を教えてもらってから、沢渡と槙野はまた住宅街を歩き始めた。椙下の家まで歩いて、空き地からの所要時間を計るつもりだった。

「沢渡さん」

ずっと黙り込んでいた槙野が、ぽつりと呟いた。

「犯人がわかったかもしれません」

なんのことかわからず、沢渡は槙野の顔を見た。

「犯人って、なんの？」

「相下さんの家に入った空き巣ですよ」

「え？　あの証言だけでっ？」

まさかだろうと疑いの目を向けたが、槙野は笑みを浮かべて頷いた。

「ええ。だっているじゃないですか。ブルース・ブラザースまんまのコンビが。沢渡さんもよく知ってるふたりです」

沢渡はしばらく考え込み、「まさかだよな？」と低い声を出した。

「いくらなんでも、あのふたりが犯人だなんて、本気で思ってないんだろう？」

「思ってます。自白させたいので、沢渡さんにも協力をお願いしたい」

自信ありげに言う槙野に、頭が痛くなった。

「馬鹿言うな。そんなこと、あるはずがない」

「どうしてですか？」

「どうしてって……」

だって普通あり得ないだろう。そんな無茶苦茶な話。現役の刑事ふたりが——強行犯係のデコボココンビの丸井と須山が、元同僚の家に空き巣に入るなんてこと。

半信半疑ながらも槙野に押し切られる格好で、沢渡は緊急召集だと嘘をついて、丸井と須山を署の会議室に呼び出した。

「俺たちが空き巣だなんて、何を馬鹿なことを……。槙野刑事官、大変失礼ですが、頭がどうかされたんじゃないんですか？」

このキャリアの青二才が、とでも言いたげに、丸井は不機嫌な表情を浮かべた。隣に座った須山も憮然《ぶぜん》としている。

「いえいえ。私の頭はまともですよ。どうぞご心配なく」

槙野は笑みを崩さず、ふたりの当日の行動を問い質した。空き巣が入ったのは平日の昼間だから、当然、ふたりとも勤務中だった。傷害事件の聞き込みを行っていたと、ふたりは強く言い張ったが、槙野は引き下がらなかった。

「そうですか。では聞き込みをした相手に、今から電話で問い合わせてもよろしいでしょうか」

「そ、それは……」

段々と様子がおかしくなってきた。最初は頭から犯行を否定していたふたりだったが、槙野に問いつめられていくうち、次第に顔色が変わってきたのだ。

「本当のことを話してくれませんか」

「ですから、俺たちは本当に仕事中で――」

槙野が眼鏡の奥の目をスッと細めた。にらみつけたわけではないが、なまじ整った顔なだけに、表情が消えると妙な迫力がある。

「証言をしてくれた主婦は、あなたたちの顔写真を見て間違いないと断言しました。それに違法駐車していた車の車種と色も、はっきりと覚えていました。あの日、あなたたちが使っていた捜査車両と一致しています」

全部、嘘だ。そこまで調べ上げていない。すべて自分に任せて欲しいと事前に頼まれていたので、沢渡は冷や冷やしながらも様子を見守るしかなかった。

「わかっていらっしゃると思いますが、私は警視です。このまま裁判所に行けば、あなたがたの逮捕状を請求することもできます」

槙野の言うとおり、逮捕状を請求できるのは警部以上の階級の者だけだ。

「け、刑事官。それはいくらなんでも、無茶ですよ」

丸井が引きつった顔で反論した。

「だって何も盗まれていないんでしょう?」

「ええ。ですから窃盗罪ではなく、器物損壊罪と住居侵入罪で逮捕状を申請します。仮に立件できなくても、警察官が懲戒免職になる材料としては十分でしょう」

丸井と須山は顔面蒼白《そうはく》だった。こうなってくると、やはりこのふたりが犯人なのだと沢渡も信じるしかなくなった。大変なことになってきた。現役警察官がコンビで空き巣を働いたのだから、とんでもない不祥事だ。

槙野は冷たい顔でふたりを震え上がらせてから、表情をやわらげた。

「……ですが私としても、署員の不祥事はできるだけ外に漏らしたくはありません。もし、あなたたちが何もかも白状するというなら、今回だけは見逃してあげますよ」

ふたりは驚きを隠せない態度で顔を見合わせた。沢渡も驚いた。どういうつもりなのだろう。

「相下さんの家から盗んだのは、一冊のノートですよね? どうしてそんなものを、手に入れようとしたんですか。これからも警察官でいたいのなら、すべて正直に話してください」

沢渡は槙野の手腕に感心していた。ここまであからさまな飴《あめ》とムチは、現場の刑事でも滅多に使わない。というか飴を与える権限がないので、使えないというのが実際のところだ。

「わかりました」

丸井が観念したように呟いた。

「全部、お話しします。……俺たちに相下主任の家からノートを盗むように指示したのは、尾《お》木《ぎ》署長です」

「署長が……？」

沢渡は愕然《がくぜん》とした。まさかここで署長の名前が出るとは思いもしなかった。

「署長はなぜ、そんな命令を下したのでしょうか」

槙野はまったく動じていなかった。それどころか、やっと話が核心に入ったと言いたげな満足げな表情をしている。丸井の答えを予想していたとしか考えられない。

「理由はわかりません。ただ事前に奥さんが出かける日時を教えられ、留守中を狙って自宅に入り、相下主任の使っていたオレンジ色の大学ノートを取ってこいと言われました。命令に従わないなら交番勤務にしてやると脅され、それで仕方なく空き巣の犯行に見せかけて……」

「ノートの中身は見ましたか？」

「はい。日付や金額のようなものが細かく書いてありました」

「そのノートは今、署長が持っているということですね」

槙野が考え込むように、人差し指で唇を撫でた。それまで黙っていた須山が、「あの」と頼りない声を上げた。

「そのノートの写し、俺が持ってます。家にあります」

これには槙野も驚いたらしい。身を乗りだして、どういうことなのか尋ねた。

須山はいくら署長の命令でも、れっきとした犯罪を強要され不安を覚えたらしい。自分たちだけに罪を被せられてはたまったものではないと思い、万が一の時のことを考えてノートの中身をコピーしたというのだ。

「今からそのコピーを取りに行きましょう」

槙野は須山を連れて、慌ただしく会議室から飛び出していった。残された丸井が、大きな溜め息をついた。

「参った……。あのキャリア、ただの馬鹿じゃねぇな。一体何者だ？」

それは沢渡の気持ちを、そっくりそのまま代弁する言葉だった。

槙野は署に帰ってこなかった。ひとり戻ってきた須山に尋ねると、槙野はノートのコピーを受け取るやいなや、タクシーに乗ってどこかに姿を消したそうだ。

何度も槙野の携帯に電話をかけたが、ずっと留守電になっていて一度も繋《つな》がらなかった。

槙野はどこに消えたのか。ノートには一体、何が書かれていたのか。どうして署長はそんなものを盗めと指示したのか。悶々《もんもん》として一睡もできないまま、夜が明けた。

翌朝、沢渡は寝不足の目を擦りながら出勤した。ロビーの自販機で買った缶コーヒーを、その場で飲んでいると、玄関の前に黒塗りの乗用車が次々に停車した。

車から物々しい雰囲気で降りてきたのは、厳しい表情をしたスーツ姿の男たちだった。ひと目で本庁の人間だとわかった。

ロビーに入ってきた男たちは、きびきびした足取りで三々五々散った。ある者は階段を駆け上がっていき、ある者は署長室へと足早に入っていく。朝から何事かと、交通課の職員たちもカウンターの奥で目を丸くしている。

最後にロビーに現れたのは、なぜか槙野だった。見たことがないような鋭い表情をしている。

その隣には思いがけない男がいた。男は沢渡に気づき、足を止めた。

「沢渡。久しぶりだな」

ダークスーツに身を包んだ背の高い男が、静かに話しかけてきた。

「……ああ」

友人の藤本《ふじもと》だった。沢渡が殴ったキャリアの警視だ。

一年ぶりの突然の再会だった。会えたら殴ったことを謝ろうと思っていたのに、いざとなると言葉が出てこない。

「――係長。個人的なお話は、あとにされたほうが」

槙野が控えめに、ふたりの間に割って入った。藤本は「そうだな」と頷き、沢渡に軽く目配せして立ち去っていった。槙野は一度も沢渡の目を見ようとしなかった。

突然の本庁職員の乗り込みに、署内は騒然となった。署員たちは何が起きたのだと寄り集まって、署長室を見つめている。

しばらくすると、本庁の職員が続々と戻ってきた。その中には彼らに取り囲まれて歩く、署長の尾木や副署長の川村《かわむら》の姿があった。他にも刑事課長である霜田や総務課長の顔も見える。冨美乃《ふみの》署幹部たちの顔は一様に蒼白で、まるで連行されていく犯人のようだった。

署員たちは皆、次々と車に乗せられていく上司たちを、言葉もなく見送っている。沢渡は玄関の外に飛び出し、様子を眺めていた藤本と槙野に駆け寄った。

「これはどういうことなんだ。何があった？」

藤本は周囲に他の人間がいないのを確認して、口を開いた。

「俺は今、警視庁の人事一課で係長をしている」

「人事一課……。もしかして監察か？」

藤本が「ああ」と頷いた。

「二か月ほど前に、うちの課に手紙でのタレコミがあったんだ。手紙には、冨美乃署で大がかりな組織ぐるみの横領が行われていると書かれていた」

「横領？」

「そうだ。手紙には幹部の指示による架空の旅費請求書や、情報提供者に支払ったとされる偽の領収書作りが行われていること、さらに捜査員の激励費や慶弔費なども私的に流用されていると書かれていた」

　カラ出張などの不正経理問題は、全国の警察で多発している。不正の目的は裏金作りがほとんどだが、幹部が私的に流用するケースもあると聞いている。しかし他人事《ひとごと》だと思っていた。こんなのどかな警察署で、大胆な不正が行われていたとは驚きだ。

「詳細な内容だったから、内部告発だということは予想がついた。さっそくうちが動くことになったが、こういう小さな所轄署の幹部すべてに監察係を張りつけると、こちらの動きを察知される恐れがある。俺は組織の中に入って調査したほうがいいと判断して、冨美乃署に槙野を潜り込ませることにしたんだ」

頭を殴られたような強いショックを受けた。槙野は調査のために、冨美乃署に送り込まれた監察官だったのだ。

「あらためて自己紹介させていただきます。警視庁人事第一課、監察係所属の槙野です」

槙野が名刺を差し出してきた。名前の上には『特別監察官』という肩書きがついている。

「槙野のうわべだけの人事異動を手配していた時に、総務の相下警部補が自殺した。彼は経理を任されている人間で、署の金の動きをすべて知っている。恐らく、内部告発を行ったのは彼だろう。しかし良心の呵責《かしゃく》に耐えかねて、自ら命を絶ってしまった。槙野には相下警部補の周辺も探るよう指示していたが、昨日になって不正経理を示す証拠のノートが見つかった。それでやっとうちが表立って動けるようになったんだ」

それでか、とようやく納得がいった。だから槙野は、あんなにも空き巣事件にこだわっていたのだ。

「他にも竹ノ屋という署長の愛人が経営している店に、裏金がプールされている事実を突き止めた。署長たちは、その店を財布代わりにしてたようだな」

その情報は槙野が女将と一緒だったあの夜に、あの手この手で引き出したのだろう。

「……藤本。ひとつ聞いてもいいか」

「なんだ」

「槙野が俺と同じマンションに越してきたのも、もしかしてお前の指示だったのか？」

「そうだ。幹部だけでなく捜査員も不正に手を染めている可能性があったから、槙野には誰にも気を許すなと忠告していた。その代わり、沢渡だけは信頼していいと教えてやったんだ。お前は絶対に、悪事に荷担するような男じゃないからな」

槙野が計算尽くで自分に近づいてきたのはショックだったが、藤本の言葉は素直に嬉しかった。あんなことがあったのに、藤本は自分のことをまだ友達だと思ってくれている。

「係長。車にお乗りください」

車で待っていた捜査員が焦《じ》れて声を上げた。藤本はわかったというふうに手を上げ、槙野を従えて歩きだした。

「藤本……っ」

車に乗り込もうとする藤本に向かって、咄嗟《とっさ》に声をかけた。藤本が振り返る。

「……あの時、殴って悪かった。ひどいことも言っちまった。ずっと、お前に謝りたいと思っていたんだ」

藤本は「いや」と首を振った。

「謝るのは俺のほうだ。殴られて当然だったと思ってる。……なあ。近いうちに、ふたりで酒でも飲まないか」

　微笑む藤本に沢渡もぎこちない笑みを返した。

「ああ、そうだな。久しぶりに一緒に飲もう」

　藤本と槙野が後部シートに収まると、黒塗りの車はゆっくりと走りだした。沢渡は複雑な思いで遠ざかっていく車を見送った。


　その後も書類を押収する本庁の捜査員が居座っていたので、冨美乃署は一日中、緊迫した雰囲気に包まれた。

　署員たちに詳しい説明はなされなかったが、誰もがなんらかの不正があったのだということは理解しているようだった。

　藤本と和解できたことは、心からよかったと思う。しかしその喜びも霞《かす》むほど、槙野の嘘に強く打ちのめされていた。自分は完璧に騙《だま》されていたのだ。調査がしやすいよう手懐《てなず》けられ、利用されていた。

　憂鬱《ゆううつ》な気分で仕事を終え、夜の九時頃に帰宅した。風呂に入ってぼんやりビールを飲んでいると、玄関のチャイムが鳴った。こんな時間にやって来る相手はひとりしかいない。

無視したがチャイムは鳴りやまない。あまりのしつこさに根負けして玄関に向かい、鍵を外してドアを開けた。

薄暗い廊下に槙野が立っていた。帰宅したばかりなのかスーツを着ている。

「夜分遅くに申し訳ありません。少しよろしいでしょうか」

硬い声音。無表情な顔。エリート監察官に戻った槙野は鋭い目をした、いかにも切れ者という印象の男だった。以前の間抜けなところのある槙野は、周囲を油断させるために作り上げた別の人格だったのだ。

「なんだよ。話があるなら、ここで済ませてくれ」

部屋には一歩も上げてやらない。沢渡はそう決意して、玄関先で槙野をにらんだ。

「まずはお礼を言わせてください。沢渡さんが協力してくださったおかげで、捜査が早く終了しました。ありがとうございます」

事務的に頭を下げられ、沢渡は奥歯を噛みしめた。やっぱりそうだった。いろんな質問をしてきたのも、自分を頼ってきたのも、友達になってくれと言ったのも、好きだと迫ってきたのも、そして一緒に捜査がしたいと言ったのも、すべて仕事のためだったのだ。

単純に喜んでいた自分が情けない。馬鹿みたいで悔しい。心底、腹が立つ。

「お前は俺を利用したんだな」

「……そういう部分も確かにあります。ですが、それだけがすべてではない」

何もかもが嘘だとわかった今、目の前の男に対して憤りしか感じない。

槙野が竹ノ屋の女将とデートしたのも、自分と同じだったのだ。情報を得るために、口先だけの甘い言葉で口説いた。その気になって秘密をぺらぺら喋《しゃべ》った尻軽な女と、自分は大差ない。

「お前とは話すことはない。帰ってくれ。もうお前のことなんて、何ひとつ信用できない。お前の言葉は嘘ばかりだ。お前の唇は嘘しか言わない」

冷たく言い放ち、顔を背けた時。槙野が突然、玄関の三和土《たたき》の上で膝をついた。

「どうか、私の嘘を許してください。結果としては、沢渡さんを騙すことになった。そのことは心から謝ります。このとおりです」

深々と土下座され、沢渡は瞠目《どうもく》するしかなかった。

エリート中のエリートが、雲の上の人間であるキャリア官僚が、いち警察官に土下座して謝っている。額を床に擦りつける必死な姿は、とても見せかけだけの謝罪だとは思えなかった。

「許してください。沢渡さんを利用するつもりはなかったんです。ですが結果的にはそうなってしまった。本当にすみません。でもこれだけは信じてほしい。好きだと言った言葉に嘘はありません。本気です。沢渡さんが好きなんです。それだけは、どうか信じてください……っ」

自分の足もとで丸くなって、必死で訴えてくる。そんな情けない槙野を見ていたら、泣きたいような気分になった。

騙されたことは悔しいし、許せないと思う。だけど本当は、本音を言うと、できることならもう一度、槙野を信じたいと願っている。

嘘だらけの槙野だけど信じたい。好きだと言ってくれた気持ちだけは信じたい。

「立てよ」

沢渡の言葉に槙野が顔を上げた。

「信じてくれるんですか？」

「いいから立てって」

強い口調で命令すると、槙野は不安そうな表情で立ち上がった。

「歯を食いしばれ」

「え……？」

拳を握り締めた沢渡を見て、槙野は次に起きることを悟ったのだろう。強ばった顔で口もとを引き締めた。覚悟を決めた槙野に、沢渡はすかさずパンチをお見舞いした。

強烈な右ストレートを食らった槙野は後ろへ吹っ飛んだ。ドアに背中をぶつけ、その場に崩れ落ちる。

「……っ」

痛みに顔を歪《ゆが》め、両手で頬を押さえている槙野を見下ろしながら、沢渡は「これでちゃらにしてやる」と言い放った。

「……許してくれるんですか？」

唇は切れ、眼鏡はずり落ち、ひどい姿だった。だがそんなことにはお構いなしで、槙野は一心に沢渡を見上げている。

沢渡はしゃがみ込み、槙野のずれた眼鏡を直してやった。

「私のことを、また信じてくれますか？」

「どうかな。まだ頭からお前のことは信用できない。お前は凄腕《すごうで》の詐欺師みたいな男だからな。でも俺のことを好きだと言ってくれた言葉だけは、信じたいと思ってる。……俺もお前のこと、結構好きみたいだし」

できるだけさり気なく言ったつもりだったが、声が上ずっていた。男相手に好きなんて言葉を真顔で告げるのは恐ろしく勇気がいる。犯人を逮捕する時だって、こんなに緊張したことはない。

「今の言葉、本当ですか？　できればもう一度、言ってくれませんか？」

「ば、馬鹿。一回で聞き取れよ。二度も言うか」

カーッと顔が熱くなり、沢渡は慌てて立ち上がった。そのまま部屋の中に引き返そうとしたら、後ろからグイッと腕を摑まれた。

「な、なんだよ?」

「好きです。大好きです。こんなに好きになったのは、沢渡さんが初めてです」

臆面もなく真顔で好きを連発する槙野に、沢渡の心臓は止まりそうになった。

「わかった。わかったから、もう言うな。聞いてるほうが恥ずかしい」

「そんなシャイなところも、可愛くてたまらなく好きです」

ああ言えばこう言う。もうお手上げだ。

「抱き締めてもいいですか?」

聞かれるのと同時に、槙野の胸の中に閉じこめられた。本当にこの男は油断も隙もない。

「キスしてもいいですか?」

「お、お前なぁっ。返事に困るようなことばかり聞くな」

「じゃあ、勝手にキスします。嫌ならまた殴ってください」

え、と思った時には、すでに唇が重なっていた。今さっき土下座したくせに、その直後にあっさりキスをしてくるなんて、どれだけ神経の図太い奴なんだ。やっぱり槙野はもともと強引な男なのだ。

「……ば、こら、やめ……んっ。……誰がいいって……あ、んぅ……し、舌、入れんな……っ」

顔を背けたり、ギュッと唇を閉じて抵抗したりしたが、槙野の舌は我が物顔で口腔に入り込んできた。一度、侵入を許してしまえば、あとは呆気なく巧みなキスに翻弄されてしまう。

クソ、この野郎、と胸の中で文句を言いつつも、気がつけば沢渡も激しい口づけに夢中になっていた。絡み合う舌はひとときも止まることなく互いを貪《むさぼ》り、淫らな熱い吐息さえ深く交ざり合っていく。

甘いキスは、かすかに血の味がした。唇が離れた隙に、「おい」と尋ねた。

「お前、唇痛くないのか？」

「痛いですよ。すごく痛いけど、沢渡さんとキスできるなら我慢します」

真剣に言うから笑いそうになった。槙野はまた口づけてきた。長いキスが終わった頃には身体中の力が抜け、立っているのも辛くなった。

そんな沢渡の身体を支えるようにして抱き締めながら、槙野が耳もとで囁いた。

「……抱きたい。あなたが欲しい。いけませんか？」

そう言われることは予想していたから驚きはしなかった。ただ不安や困惑はあった。

槙野と寝る。セックスする。想像しようとしたが、頭の中がぐちゃぐちゃで無理だった。

けれど、これだけ情熱的なキスをしておいて、今さら嫌だというのは卑怯《ひきょう》だし男らしくない。何より拒みたいとは思わなかった。

槙野と寝て、自分がどうなるのかわからない。けれど知ってみたい。先に進んでみたい。

沢渡は言葉を返す代わりに、目の前にあった槙野の形のいい耳朶《みみたぶ》に、軽く歯を立てた。

セックスって、こんなにいいものだったっけ——。

沢渡は自分のベッドの上で、そんなことを漠然と考えていた。絶え間なく湧き起こる快感に支配され、身体はすでに自身のコントロール下から完全に離れていた。

今、沢渡を支配しているのは、美しい肉体と容貌を持った年若いキャリアの警視だった。槙野に触れられるすべての部分から、甘い何かがしみだしてくるような錯覚を覚える。

槙野は目に見えない蜜を味わうように、沢渡の肉体のあらゆる場所を舐め続けた。そのたびに自分のものとは思えない、甘ったるい声が漏れる。恥ずかしいのに止められない。

「槙野……、嫌だ……」

俯《うつぶ》せで枕を抱きながら、沢渡は頭を振った。背骨のくぼみを辿って降りていく舌は、やがて尻の割れ目に辿り着いた。舌がヌルヌルと上下に動くたび、身体が敏感に震えてしまう。

「それ、嫌だって……」

「駄目です。じっとして。全部、味わいたいんです。だから動かないで」

腰を押さえつけ、槙野はさらに顔を深く埋めた。

「あ……っ、そこは――」

窄《すぼ》まりを抉《えぐ》るように舐められ、槙野は身をすくませた。激しい羞恥に、もう目も開けていられない。全身が焼けつくように熱い。

沢渡が恥ずかしがるほど槙野の舌は激しく動き、いくらでも責め立ててくる。

「ん……ふぅ……」

槙野の貪欲《どんよく》な愛撫に身を任せている自分が、見知らぬ人間のように思えてきた。

本当にこれは自分なのか？　全裸で男に身を任せ、あらぬ部分まで舐めさせている。女のように喘《あえ》ぎ、どこまでも乱され、恥ずかしいはずなのに、そのことさえ心地いいと感じている。

自分はやっぱりゲイだったらしい。だからこんなにもすんなりと、男とのセックスを受け入れている。そう思う一方で、違う、そうじゃないとも感じていた。

相手が槙野だから平気なのだ。他の男には、死んでもこんな真似はさせない。尻を撫でられただけでも、怒って殴っている。

きっと自分で思っている以上に、槙野に強く惹かれているのだ。だから、こんなことまで許せてしまう。どんなことでも受けとめられる。

「も、いい……」

沢渡は身体を返し、槙野と向かい合った。着痩せするのか、槙野は裸のほうがたくましく見える。股間には、頭をもたげた形のいいペニス。変な話だが、きれいな男はそんな部分まできれいに見えてしまう。

槙野の雄は先端から透明の雫をにじませていた。沢渡は一度、口で達《い》かされているが、槙野はまだ一度も射精していない。ずっとこの状態で自分に奉仕していたのかと思ったら、可哀想になった。

「……俺も……する」

小声で呟き、槙野の高ぶりに手を伸ばす。熱く硬い雄芯は、軽く扱いただけで蜜をあふれさせ、沢渡の指を濡らした。

「沢渡さんに握られたら、すぐに達ってしまいます」

困った顔で槙野が苦笑した。

「達けばいいだろう。俺ばっかり不公平だ」

手を動かして槙野のペニスを刺激していると、槙野も沢渡のものに指を絡めてきた。

「じゃあ、一緒に達きましょう」

本当ならさっき舐めていた場所に、このはち切れんばかりのものを深く埋めたいのではないかと思った。多分、慣れていない自分を気づかってくれているのだ。最初、緊張していた沢渡に、何度も「大丈夫です。痛いことはしません」と囁いてくれた。その言葉を必死で守ろうとしているのかもしれない。

速くなる手の動きに、二度目の射精感が高まっていく。槙野も沢渡の手で擦られ、快感をこらえているのか息が荒くなっている。感じている槙野を見て、唐突な愛おしさが湧いてきた。目の前には、嘘ばかりついてきた唇がある。けれど、それは同時に真実を告げる唇でもある。騙されたことはまだ悔しいが、この唇にまんまと心を持っていかれたのだ。

胸の中で膨れあがっていく愛おしさを、どうしても抑えきれなくなった。沢渡は衝動のままに、自分から槙野に口づけた。唇を舐め、舌を滑り込ませる。

槙野は一瞬、驚いたような表情を浮かべたが、すぐに応えてくれた。唇を重ね合いながら、互いのものを刺激する。同じ快感に包まれ、その瞬間をふたりして目指していく。

「……ん、まき……、もう……っ」

キスの合間に切羽詰まった声を漏らすと、槙野が「達って」と囁いた。

「俺も達くから。一緒に――」

槙野が初めて俺と言った。自分と同じで、もう余裕がないのだと思ったら嬉しくなった。

素顔をもっと見せてほしいと思う。自分にだけは、もう何も隠さないでほしい――。

「あ、ん……っ、槙野……――」

「沢渡さん……」

共に名を呼び合い、ふたりはほぼ同時に射精した。手でされただけとは思えないほどの強い快感に襲われ、息が止まる。

槙野が胸を喘がせながら、沢渡の上に倒れてきた。ふたりの腹の間で互いの白濁が混じり合い、湿った音を立てた。


「藤本係長と仲直りできて、よかったですね」

ベッドの上で俯せになって煙草を吸っていると、隣に腰かけていた槙野が話しかけてきた。

槙野の手には、冷蔵庫から持ってきた缶ビールが握られている。

「うん。俺もホッとした」

「実は私はずっと前から、沢渡さんの存在を知っていたんです」

「え？　どういうことだよ」

振り向くと、槙野は悪戯《いたずら》な目つきになった。

「係長がね、一緒に飲むたび、酔ってグダグダ言うんですよ。あれは俺が悪かったんだ、沢渡が怒るのも当然だ、あいつ、今頃どうしてるのかなぁって」

「……あいつ、酒癖悪かったもんな」

酔うと同じことばかりを言う癖を思い出し、沢渡は苦笑した。

「あの人が、あまりにもあなたのことを褒めるから、私もどういう人なのかと、ずっと気になっていました。ここに来て噂の本人と会って、なるほどと思いました」

「何がなるほどなんだよ」

「さあ」

槙野は缶ビールを飲み干し、空き缶をサイドテーブルの上に置いた。ふと気づいた。眼鏡をかけていないのに、動きはなめらかだ。

「お前、眼鏡なくても大丈夫なのか？」

「ええ。裸眼でもそれほど問題はありません」

赴任初日に眼鏡を落として、みっともなく慌てまくったのも演技だったのだ。徹底した男だな、と感心してしまった。

「沢渡さん。これからも遊びに来ていいですか？」

今度は神妙な顔つきで尋ねてきた。

「嫌だって言ったら来ないのか？」

「いえ、来ます。一応、許可をもらっておきたくて」

沢渡は考え込む振りをして、灰皿に煙草をねじ込んだ。

「監察官が俺なんかとつき合ってもいいのかよ」

意地悪く言ってやると、槙野は「何か問題でも？」と不敵な笑みを浮かべた。

「不倫でもないのですから、服務規程違反にはなりません。大人の自由恋愛でしょう？　もちろん、誰にも話したりはしませんが」

槙野は強気でそう言うが、万が一、周囲にばれたら大問題だ。

これから自分たちはどうなるのだろう。キャリアとノンキャリア。本庁の監察官と所轄署の刑事。果たして恋人としてつき合っていくことなど、本当に可能なのだろうか？

先のことを考えれば不安は尽きない。けれど槙野との関係を、これで終わらせたいとは微塵《みじん》も思っていなかった。

一緒にいて、こんなにも気持ちが落ち着く相手はいない。今まで出会った人間の中で、これほど気持ちを乱された相手はいない。矛盾しているかもしれないが、もしかしたらそれが恋というものなのかもしれない。

恋、してるんだろうか？

自分に問いかけてみる。

してるんじゃないのか、恋。

そう答える心の声を、聞いた気がした。

「いいよ。いつでも好きな時に来ればいい」

「ありがとうございます。では遠慮なく」

沢渡の返事を聞いて、年下の警視は嬉しそうに微笑んだ。

生意気な男だとわかっているのに、その笑顔はどこか少年めいて可愛らしく感じられた。

エゴイストの憂鬱

1

「うわ、鍋ですか？　やったーっ」

部屋に入ってきた槙野《まきの》一央《かずひさ》は、ダイニングテーブルを見るなり嬉《うれ》しそうに破顔した。

「ずっと食べたかったんですよ。久しぶりだなぁ、鍋」

眼鏡《めがね》の奥の目は柔和に細められている。喜ぶその顔に嘘はないように見えるが、槙野は演技が上手《うま》い。喜んでみせる芝居など造作もないだろう。

「なんです？　私、変なことでも言いましたか？」

本当に鍋でよかったのだろうか。他の食べものがよかったんじゃないだろうか。そんな気持ちが湧《わ》いて探る思いで顔を見てしまったら、目敏《めざと》く気づかれた。

「いや、別に。コートと背広、寄越せよ」

沢渡《さわたり》喬《たかし》は自分の猜疑《さいぎ》心《しん》を反省しつつ、槙野からトレンチコートと背広を預かった。三週間ぶりに会ったというのに、顔を見るなり疑うなんてよくない。ちゃんと喜んでくれたのだから、ここは素直に受け止めるべきだろう。

久しぶりに会うせいか、なんとなく緊張している。鍋の用意をしている時からそわそわとしていたが、「今、駅です。もうすぐ着きます」と電話がかかってきてからは、さらに落ち着きがなくなり、意味もなくキッチンをうろうろ歩き回っていた。

そんな自分に、俺は初めて彼女を部屋に呼んだ男子中学生か、と苦笑がこぼれたが、しょうがないという気持ちもあった。槙野と会うのはあの夜以来なのだ。約三週間前、これからも遊びに来ていいかと尋ねた槙野だったが、本庁に帰ってしまうと一気に多忙になり、沢渡の部屋にはまったく来られなくなった。

春の人事異動を前にして、人事一課は仕事量が増えて大変らしい。毎日遅くまで残業し、土日は休日返上で仕事に駆り出されているそうだ。そんな状態だから、都心から一時間もかかる冨美乃《ふみの》市まではなかなか足を伸ばせず、電話で話すだけの日々が続いていた。

そして三月に入って最初の日曜日の今日、やっと休みが取れた槙野は久しぶりに沢渡の部屋にやって来たのだ。午後から親戚の法事があるので、そっちに行くのは夕方になるが構わないかと聞かれたのが一昨日の夜。沢渡は夕食の支度をして待っていると答えた。思えば、それからずっとそわそわしている気がする。

槙野の服をハンガーに掛ける際、いい香りがふわっと漂ってきた。槙野がつけている香水の香りだ。香水やコロンの類《たぐ》いは苦手だから自分ではつけないが、この香りはいいと思う。上品で爽《さわ》やかでほんの少しだけ甘くて、もっと嗅《か》ぎたくなる匂いだ。

こっそり顔を近づけて鼻をスンスンしていたら、槙野が「沢渡さん」と振り返った。ギクッとして顔を離す。

「鍋、もう煮えてますけど、蓋《ふた》を取りましょうか？」

「あ、ああ、頼む」

槙野は鍋の蓋を取って、「うまそうですね！」と喜んだ。よかった。気づかれなかったようだ。ここで匂いを嗅ぐなんて、俺は変態か。

「海老《えび》に帆立。それに鶏肉とつみれと……あとは見えない」

「真っ白だもんな」

思わず笑ってしまった。槙野の眼鏡は大量の湯気で白く曇っている。槙野は苦笑しながら眼鏡を外してカウンターに置いた。裸眼でも普通に食事できる程度の視力はあるのだ。

ビールで乾杯してさっそく食べ始めた。槙野は「美味しいです」を連発しながら、沢渡の倍は食べた。理知的な風貌とは裏腹に、いつも気持ちいいほどたくさん食べる男だ。

「藤本《ふじもと》さんから聞きましたけど、飲み会の約束、流れたんですってね」

「そうなんだ。俺が行けなくなったんだ」

友人であり、キャリアの警視でもある藤本隆則《たかのり》とは、あれからたまに電話で話をしている。

先週の日曜、念願の飲み会をセッティングしたのに、事件が起きて沢渡が緊急呼び出しを受けたため、流れてしまったのだ。

謝罪の電話をかけた時、藤本は明るい声でまたにしようと言ってくれたが、今のところまだ予定が合わず、一緒に飲むというささやかな夢は実現していなかった。

「藤本さん、すごく残念がっていましたよ。早いところ、次の予定を立ててあげてください」

「俺だってそうしたいけど、あいつは忙しい男だからな」

「忙しいのは沢渡さんだって同じでしょ。それはそうと、あれから冨美乃署はどうですか？」

裏金づくりの不正経理問題で、私的流用も確認された署長と副署長は懲戒処分となり、他の不正にかかわっていた幹部や署員もそれぞれ減給、戒告などの処分を受けた。この大きな不祥事は世間でも騒がれ、しばらくは署の周りにマスコミが張りついて何かと騒がしかったが、一週間前、新しい署長と副署長の赴任を機に浮ついていた雰囲気も引き締まり、ようやく署内も通常の状態に戻っていた。

「表向きはかなり落ち着いてきたように思う」

「そうですか。新しい署長はやり手の方だと聞いてます。きっと署員の不安な気持ちに応えて、頑張ってくださると思いますよ。……ああ、そうだ。私も異動が決まったんです」

箸《はし》でつみれを拾い上げながら、槙野はついでのような軽い口調で切り出した。

「このつみれ、本当にうまいですね。隠し味に何か入れてるでしょう？」

「味噌だ。それより異動ってどこに？」

　地方の県警本部にでも異動になったら大変だ。まだ始まったばかりの関係で、いきなり遠距離恋愛は困る。

「警視庁内での異動でした」

　それを聞いて安心した。槙野がすかさず「今、ホッとしたでしょ？」と笑った。そんなことはないと言ってやろうと思ったが、やけに嬉しそうな顔をしているので、意地の悪いことは言えなくなった。

「当たり前だろう。俺たち一応、つき合ってるわけだし」

「一応ってなんですか。正式に、でしょ。まあ、まだデートにも誘えていない駄目な恋人ですから、えらそうなことは言えませんけど。今度デートしましょうね。美味しいレストランで食事して、恋愛映画でも見て、それから夜景がきれいなホテルに泊まって——」

「やめろ。小っ恥ずかしいことばかり言うな。それより、異動先の部署はどこなんだ」

　慌てて話題を変えた。男同士でそんな甘ったるい定番デートを提案されると、恥ずかしくて嫌な汗が出そうになる。

「刑事部の捜一です」

「え……？　ってことはお前、捜査一課の管理官になるのか？」

「はい」

驚いた。まさかの異動先だった。警視庁の捜査第一課は都内で起きた殺人、強盗、暴行、傷害、誘拐などの凶悪事件を扱う、いわば刑事たちにとっては憧れの花形部署だ。沢渡も一度は内示が出て捜査一課に行きかけたが、藤本を殴ったため左遷同然に冨美乃署へ飛ばされた。どこにいても刑事の仕事に変わりはないと思っているが、その反面、一度は捜査一課で仕事がしてみたいという気持ちも持っている。

「すごいじゃないか。頑張れよ」

羨《うらや》ましい気持ちを込めて心から励ましたのに、槙野は恨めしそうな目で沢渡を見た。

「すごくないですよ。ますます激務になりそうで気が重いです。それに捜査一課はキャリアにとって、完全アウェイですからね。叩《たた》き上げの猛者《もさ》どもを相手に、私みたいな青二才がどうやって立ち向かっていけばいいのやら」

「別に立ち向かう必要はないだろう。お前は上司なんだから」

そうは言ってみたが、槙野が抱く不安もわからなくはなかった。捜査一課は四百名を超える大所帯だというのに、その中にキャリアは一名しかいない。以前はノンキャリアだけの部署だったが、キャリアにも現場の経験を積ませるべきだという理由から、十数名いる管理官のうち、ひとりだけキャリアの管理官を置くようになったらしい。

「そうなんですけど、いろんな意味で捜査一課はキャリアにとって、行きたくない部署ナンバーワンですよ。注目を集める大事件を扱いますからね。そこで失態を犯せば、出世にも響きます」

「出世か。やっぱりしたいのか?」

槙野は何を今さらというような表情で、「当然です」と頷《うなず》いた。

「キャリア官僚なんていうと響きだけはいいですが、どこの省庁でも若い頃は安月給と激務がセットで、残業なんかブラック企業並みです。それでも耐えられるのは、いずれ出世して必ずえらくなってやるという欲があるからです。出世しなくてもいいと思うような上昇志向のない奴は、そもそもキャリアにはなりません」

槙野はいったんビールに口をつけ、喉《のど》を潤した。

「正直に言えば、私は自分を警察官だと思っていません。捜査をするために警察庁に入ったんじゃない。約三十万人のマンパワーを擁する、巨大な警察組織を動かす頭脳になるためです」

「じゃあ俺たちノンキャリアは、お前らの手足ってことか」

「そうです。手足を効率よく動かすには、優れた頭脳が必要です。司令塔が無能だと手足は混乱するだけで、本来の力を発揮できない」

唾《つば》を飛ばして力説するならまだ可愛げもあるが、槙野は嫌になるほど冷静だった。力みも興奮もなく、ただ淡々と持論を語っている。当然のことを口にしているだけといった態度だ。

これが真のエリートというものなのだろうか。最近知ったのだが、槙野の父親も警察官僚だったらしい。兄は外務省のエリートで、父親は警察庁に入庁しなかった兄に落胆し、その分、槙野に期待しているそうだ。

そういう背景を理解していても、槙野の言い方はやはり面白くなかった。エリート一家で育った生粋《きっすい》の坊ちゃんだから、最初から組織を動かす側の立場で物事を見ている。それ以外の視点を持つ気はないのだろう。

同じキャリアでも藤本は違った。現場の警察官が一番えらい。俺たちは現場が円滑に動けるよう、バックアップしなければならない立場だ。藤本はいつもそう言ってくれた。もちろん立場の違う沢渡への配慮もあったのだろうが、そういうふうに言ってくれる藤本の気持ちが嬉しかった。

「……怒りましたか？」

顔を上げると、槙野の不安そうな顔があった。

「不愉快に思われたなら謝ります。でもこれだけはわかってください。私は決して現場の警察官を見下しているわけじゃない。担う役割が違うと言いたいだけなんです。頭脳は手足がなければなにもできません。手足があってこその頭脳なんです。率直な言い方をしたのは、ありのままの私を知ってほしかったからです。もうあなたに嘘はつきたくない」

耳触りのいい言葉で取り繕うことはできるのに、槙野はあえてそうしなかったのだ。そこに槙野の強い意志があるなら、沢渡も反射的な感情で反発するのはやめようと思った。

「怒ってないよ。ただ、以前のお前とは全然違うから戸惑うっていうか」

「以前の私？」

「ああ。俺と一緒に捜査したいって言ってくれただろ。俺はあの時、お前の気持ちがすごく嬉しかった。全部嘘だってわかった今でも、嬉しかった気持ちはまだ残っているんだ。俺を騙《だま》していた頃のお前と、実際のお前は違いすぎるから、まだ理解の追いつかない時がある」

責めているのではなく、正直な気持ちだった。槙野に惹かれる気持ちに嘘はないが、同じ分量だけまだ戸惑いもある。

「……あなたの前でだけは、駄目キャリアの槙野一央に戻りたいです」

槙野は本気で拗《す》ねたのか、むっつりした顔でボソッと呟《つぶや》いた。初めて見る子供っぽい態度に唐突な愛しさを覚え、テーブルの下で槙野の足に自分の足先をそっとぶつけた。

「戻る必要なんてないだろ。これからじっくり本当のお前のことを知っていくんだから。頼むよ。俺に少し時間をくれ」

騙されたとわかったうえで好きになったのは自分だ。だから以前とは違う部分もひっくるめて受け入れたい。これからもっと好きになっていきたい。心からそう思っている。

「沢渡さん……」

槙野はやけに切なそうな目で、沢渡を見つめ返してくる。恥ずかしくなって「ビール、飲むか？」と尋ねたが、槙野は首を振った。

「酔うと困るので、もうやめておきます。ところで、今夜は泊まっていってもいいですか？」

予想はしていた言葉だが、突然切り出されて喉の奥がひくっと引き攣《つ》った。

「明日は仕事だろう？」

「朝、帰ります。駄目ですか？」

槙野の熱い眼差しに見つめられ、心臓の鼓動が速くなるのを感じた。

「……駄目じゃない」

「ありがとうございます」

槙野は嬉しそうな顔で礼を言い、それからにっこり笑って「あ。あとでお風呂、貸してくださいね」とつけ足した。

片付けが終わりローソファーに座ってテレビを見ていたら、槙野がさっぱりした顔で戻ってきた。

「お風呂、お先にすみませんでした。沢渡さんも入ってください」

「俺はいいよ。夕方に入ったから」

「そうですか。それはよかった」

何がよかったんだ、と聞きたいのをこらえ、槙野も座れるように少し尻をずらした。沢渡の貸したTシャツとスウェットのズボンを身につけた槙野は、「この映画、前に見たことあります」と言いながら隣に腰を下ろした。風呂上がりの高い体温がじんわり伝わってくる。

「これ面白いですよね。ラストのどんでん返しが秀逸で」

「そうなのか？　俺は初めて見るけど」

テレビをつけていたら勝手に始まった映画だ。興味などなかったが、槙野が「このシーン、どうやって撮影したんでしょうね」とか「この俳優、味があって好きなんですよ」とか言いながら見始めたので、テレビを消すに消せなくなった。

「沢渡さん、好きな映画はありますか？」

「……特にはないな」

「じゃあ、好きな俳優は？」

特にいない。でも正直にそう答えると、つまらない人間だと思われそうな気がして、「ジャッキー・チェンかな」と適当に答えた。

「へえ。そうなんですか。じゃあ、今度映画をレンタルをして一緒に見ましょう」

いや、別に全然見たくないし、と思ったが、好きだと言った手前、「そうだな」と答えるしかなかった。

それからも、ふたり並んでカーアクション映画を見続けた。しかし槙野がいつ手を出してくるのだろうと、それが気になって映画の内容などまったく頭に入ってこない。

いい雰囲気に持ち込んでくるのを期待半分、不安半分で待っていたが、槙野は映画に夢中だ。何もしてこない槙野に、段々と腹が立ってきた。槙野の涼しい顔を見ていると、自分だけが意識しているのは不公平だとさえ思えてくる。

「……寝る」

呟いて唐突に立ち上がった沢渡を見て、槙野が「え？」と目を丸くした。

「眠くなった。お前はテレビを見てろ」

言い捨てて寝室に行こうとしたら、「待ってください」と手首を摑《つか》まれた。

「急にどうしたんですか？　私が何か失礼なことでもしましたか？　だったら謝ります。すみませんでした。許してください、沢渡さん」

真剣に謝罪されても困る。普通に考えれば槙野に非はない。勝手にそわそわしてじりじりして、それに耐えきれなくなり腹を立てたのは、完全に沢渡の勝手だ。

「別に怒ってなんかない」

「嘘です。怒ってますよ。私が何かしたから腹を立てているんでしょう?」

何もしないから腹を立てているとは言えず、無言でいたら焦れた槙野がグイッと腕を引っ張った。思いの外《ほか》、強い力だったのでバランスを崩し、槙野の上に覆い被さるように倒れ込んでしまった。

「な、何するんだよっ。離せって」

「嫌です。なぜ怒っているのか教えてくれるまで離しません」

右腕を摑まれ、さらには腰を抱かれて身動きが取れなくなった。今にもキスされそうな距離だ。いきなりの急接近に心臓が激しく躍りだす。

「……だって、お前がテレビばっかり見てるから」

槙野の顔がぽかんとなる。その反応を見て、顔がカーッと熱くなった。

ああ、クソ。言うんじゃなかった。おかげで槙野に呆《あき》れられてしまった。そりゃそうだ。三十三歳の強面《こわもて》の男が、彼氏に構ってもらえなくて怒る女子高生みたいなことを言えば、呆れられて当然だ。

「っていうのは冗談だ。単に眠くなっただけで、本当に怒ってなんかない」

すぐに訂正したが嘘だと見抜かれたらしい。その証拠に槙野は笑いをこらえるような顔で沢渡を見上げている。本当に恥ずかしいったらない。穴があったら入りたいとはこのことだ。

「私と違って、沢渡さんは嘘が下手ですね」

楽しげな声にますます羞恥が強まっていく。

「わ、笑えよ。おかしいんだろ。俺だって何言ってんだって思う。気持ち悪いこと言った」

「沢渡さんにはこの顔が、笑いをこらえているように見えるんですか?」

槙野の大きな手が頬にそっと触れてきた。それだけのことなのに、胸が締めつけられるように苦しくなる。

「これはね、嬉しくてにやけているんです。まさか沢渡さんが拗ねるなんて思わなかった」

「べ、別に拗ねてなんか……」

ない。とは言えない。沢渡はまさに拗ねたのだ。自覚したら死ぬほど恥ずかしくなってきた。拗ねるってなんだ、拗ねるって。いい年したおっさんが。

「それってテレビなんか見てないで俺を見ろ。俺に迫ってこいってことですよね? そういう解釈でOK?」

槇野は尋ねながら、親指の腹で沢渡の唇を撫《な》でた。何がＯＫだ、格好つけるんじゃねぇ、と思ったが、その格好よさにドキッとしていれば世話はない。

「沢渡さん。黙秘権は認めませんよ。答えてください。答えないなら沢渡さんのお尻、揉《も》んじゃいますよ?」

そう言うなり槇野は本当に尻を揉んできた。いきなりのお触りに沢渡は焦った。

「おい、何してんだよっ」

「わからないですか? 痴漢をしているんです」

警察官のくせに、しれっとした顔でとんでもないことを言う。

「沢渡さんが本心を言ってくれるまでやめません。ずっとお尻を揉み続けます」

宣言して、遠慮のない手つきで沢渡の尻を揉んでくる。臀部《でんぶ》の筋肉は敏感だ。そっと触れるだけなら平気だが、指をめり込ませるように強く摑まれると、電気が流れたみたいに全身がビクッと震える。

沢渡は必死で身を捩《よじ》った。だが槇野の腕に完全にホールドされて抜け出せない。槇野は優男《やさおとこ》のくせに力が強い。

「やめろっ。言うからやめろ!」

これ以上、尻を揉まれたくない一心で、沢渡は早々にギブアップした。

「そうだよ。お前の言うとおりだ。お前がテレビばっかり見てるから悔しかったんだ。俺だけそわそわして馬鹿みたいだって思った」

勢いに任せて打ち明けたら、槙野の尻マッサージがピタッと止まった。ほっとしたのも束の間、今度はギュッと強く抱き締められ、別の意味で身体が強ばった。

「ありがとうございます。沢渡さんの本心が聞けて嬉しいです。すごく嬉しくて心臓がドキドキしています」

確かに合わさった胸から伝わる心臓の鼓動は速い気がする。でも沢渡の鼓動だって速くなっているから、実際はそれがどちらの鼓動かなんてわからなかった。

「テレビを見ていたのには、ふたつ理由があります。私は沢渡さんのことを、もっと知りたいんです。どんな映画が好きか。どんな音楽を聴くのか。普段なんの番組を見ているのか。あなたに関する情報を少しでも集めたい。一緒にテレビを見て無駄話をしていると、結構相手のいろんなことを知れるものです」

ただ映画を見ているだけかと思えば、槙野なりの考えがあったらしい。槙野は絶対に形から入るタイプだと思った。

「あとひとつは？」

「いきなり迫ったら、沢渡さんにがっついてるとか、やりたいだけなんじゃないかって思われそうな気がして、それで我慢していたんです。私は沢渡さんが相手だと、恥ずかしいほど余裕がなくなってしまうから」

　頭を上げて顔を見たら、槙野は少し照れたような表情を浮かべていた。槙野には悪いと思うが、どうしても嘘臭いと感じてしまう。いつだって余裕綽々《しゃくしゃく》の態度でいる男から、余裕がないなんて言われても信じられない。

　騙されているとまでは思わないが、きっとこういうのはリップサービスの類いだろう。本当に余裕がない男は、お利口さんに我慢なんてできないものだ。

「俺は余裕のないお前のほうがいい。すかした面で好きだって言われるより、我慢できずに押し倒してくるくらいのほうが、気持ちを実感できるし」

　深く考えずに口にした言葉だった。しかし槙野には深い意味をもたらしたらしい。急に目つきが変わった。優しいだけだった眼差しの奥に危険な色香が浮かんでいるのを見て、沢渡はしまったと思った。

「……沢渡さんって誘い上手ですよね。いつも簡単に私の理性を吹き飛ばしてくれる」

「さ、誘い上手ってなんだよ。お前が勝手に理性飛ばしてるだけだろ」

「そんなことはありません。私はいつもあなたのアクションに刺激されて、自制心を失ってしまうんです。初めてキスした時だって、あなたが煽《あお》ったんですよ。忘れましたか？」

忘れてない。確かにあの時は起きないとキスするとからかわれ、できるもんならやってみろと答えた。でもあれは本気にした槙野が悪い。

「竹ノ屋《たけのや》の女将《おかみ》とホテルに行ったと誤解した時もそうです。普段、冷静なあなたにあんなふうに感情的に怒られたら、嫉妬《しっと》されているのかもしれないって思うじゃないですか。それでつい我慢できなくなってしまったんです」

いけしゃあしゃあと言うから、小憎らしくなった。

「俺のせいにするな。全部、お前が勝手に暴走しただけだろ」

「そうですけど、そのきっかけをつくったのはあなたです」

卵が先か鶏が先か、みたいな議論になってきた。ああ言えばこう言う口の達者な槙野が相手では、どうしたって沢渡のほうが分が悪い。沢渡が憮然《ぶぜん》とした表情で黙り込むと、槙野は謝るように額を押し当ててきた。

「すみません。沢渡さんの言うとおりです。暴走したのは私の勝手でした。だから反省して、今夜は暴走しないように自分を抑えていたんです」

真面目に謝られるともう怒れなくなる。沢渡は槙野の耳朶《じだ》を軽く引っ張り、「馬鹿だな」と囁《ささや》いた。

「今はつき合っているんだから、我慢なんてすることないだろ。……俺もごめん」

「え？　なんですか？」

「お前からの行動を待って、勝手に焦れて怒った。受け身でいたのはそのほうが楽だからだ。そういうの、男らしくないよな」

その気があるなら自分から迫ればよかったのだ。相手が女なら当然のようにそうするくせに、男だとしないのは、多分逃げだ。男とつき合うと決めたくせに、まだ心のどこかで自分をゲイだと認めたくないと思っている。だから向こうから求められて応じる分には構わないが、自分から求めることに抵抗があるのだ。

「槙野。しよう。お前と抱き合いたい」

羞恥とためらいを押しのけ、自分の望むことをはっきりと口にした。会えない間、あの夜のことを何度も思い出しては、またあんな時間を持ちたいと願っていたのは事実だ。だったら素直に求めればいい。

「沢渡さん……」

槙野は眩《まぶ》しいものでも見るように目を細めた。

「ありがとうございます。沢渡さんのそういうところ、大好きです」

「そういうところって？」

「沢渡さん、シャイだから今の言葉を口にするの、すごく勇気がいったでしょう？　言わなくても待っていれば、自然と行為が始まるとわかっているのに、あえて言ってくれた。そういう真面目で、そして優しいところが大好きなんです」

耳を塞ぎたくなった。本当に恥ずかしいからやめてほしい。

けれどそう思いながらも、槇野の言葉を嬉しく感じている自分がいた。こんなんだから簡単に騙されてしまったのだ。ちょろい男だと自分を嘲笑《あざわら》いたくなる。

でも、もういい。恋人が口にする甘い言葉は、きっと嘘のうちには入らない。ここはいい気分になってしまっていいのだ。

「……会えない間、こんなふうに抱き締めることをずっと夢見ていました」

微笑《ほほえ》みながらキスされた。あくまでもソフトなキスだ。やっぱり強引には仕掛けてこない。ここまでくると自制しているというより、沢渡から求めたくなるようにわざと焦らしているように思えてくる。

そっちがその気ならいいさ、と挑戦的な気持ちになり、自分から槇野の唇を奪った。沢渡が上にのしかかった体勢だから、仕掛けるにはちょうどいい。

自分から槇野の狭い場所に入り込む。柔らかな唇のその奥は、もっと柔らかい世界が広がっている。たまらなく気持ちがいい。

だが沢渡が好き勝手できたのは、ほんの一瞬だけだった。槇野の舌にすぐ捕らえられてしまったのだ。

突然の猛攻だった。獲物を待ち構えていた獰猛《どうもう》な生き物のように、熱い舌が激しく絡みついてくる。食べ物を味わうみたいにしゃぶられ、甘い蜜でも滴《したた》っているのかと思うほど何度も吸われ、すっかり槙野のペースに持ち込まれてしまった。

「馬鹿、お前、がっつき……ん、すぎ……っ」

「そうならないように必死で我慢していたのに、沢渡さんが煽ったんでしょ？」

平然と言ってのける。ずるい男だ。また沢渡のせいにした。これはもう確信犯だと思った。

「可愛いなぁ、沢渡さん。すごく可愛い。全部食べてしまいたい。食べてもいいですか？」

耳もとで喋《しゃべ》るから、吐息で愛撫《あいぶ》されているみたいな気分になってくる。くすぐったくて顔を背けようとしたら、駄目だと言わんばかりに耳朶を舐《な》められた。

ねっとりと耳をしゃぶられる。耳の襞《ひだ》の中まで丹念に舐めてくる舌に、心臓が止まりそうになる。くすぐったいのを通り越し、ゾクゾクして身体がブルッと震えた。これは本当に食べられている。

「食べるな……。俺なんか食ってもまずいぞ」

「いいえ。美味しいです。すごく美味しい。ここも、ここも、ここも」

たかが耳への愛撫でも、こんなにも濃厚だと目眩《めまい》がする。全身が熱くなり息も乱れてきた。

もう股間《こかん》は高ぶっていた。恥ずかしくて知られたくないから、どうしても腰が浮き気味になる。槙野はそのことに気づいたのか両手で尻を掴み、自分のほうに強く引き寄せた。

「……っ」

腰が密着すると槙野のそれと重なった。槙野のものも完全に勃起《ぼっき》している。槙野が下から腰を淫猥《いんわい》に振って押しつけてくるので、硬いふたつのペニスがぐりぐりとぶつかり、そこから生まれる強烈な刺激に呑み込まれて、変な声が出そうになった。

「や、やめろ、押しつけんな……っ」

「どうして？　こうするとすごく気持ちいいでしょう？　このまま達《い》ってもいいんですよ」

槙野は右手で沢渡の後頭部を引き寄せ、また激しくキスしてきた。湿った音が響くほどの濃厚なキスを受けながら、同時に腰をいやらしく動かされると、段々と興奮が暴走して理性もどこかに追いやられていく。

駄目だと思いながら、気がつけば自分から擦りつけていた。布地越しに伝わる槙野の硬さがもどかしい。

もっと感じたい。もっとよくなりたい。そんな気持ちに包まれて、もう腰が止まらない。

「ん、あ……、ま、槙野、駄目だ、達きそう……っ」

「私もです。そのまま擦りつけて、もっと激しく腰を振ってください」

槙野の囁きは魔法だった。沢渡は言われるがまま槙野のペニスに自分のペニスを押しつけ、上下に腰を激しく振り続けた。

「あ、ん……くぅ……っ」

とうとう限界が来て、下着の中に射精した。生暖かい感覚が臍の下あたりにじわっと広がる。自慰同然の達し方だったのに、自慰とは比べられないほどの強烈な快感に襲われ、しばらく腰が痙攣《けいれん》して動けなかった。

完全に快感の波が去ってから、力尽きて槙野の胸に倒れ込む。恥ずかしいというか、笑える。着衣のまま相手の股間に自分のものを押しつけて達するなんて、まるで変態みたいだ。

槙野は沢渡を抱き締め、「気持ちよかったですか?」と囁いた。無言で頷く。

「お前も達った……?」

「まだです。沢渡さんがあんまり可愛いから、見ているのに夢中で達きそびれてしまいました。ああ、いいんですよ。気にしないで。だって夜はまだこれからでしょう?」

沢渡の額にキスし、槙野は「たっぷり楽しみましょうね」と色っぽく微笑んだ。

2

「お引っ越し、お疲れさまでした！　取りあえず乾杯ーっ」

元気よく缶ビールを掲げた石丸克也《いしまるかつや》を見て、浅田美奈《あさだみな》は呆れ顔になった。

「飲むのは早いでしょ。まだ全部片づいてないのに」

「いいんだよ、浅田。これだけやってもらえたら、あとはひとりで大丈夫だから、お前も飲んでくれ」

沢渡が缶ビールを差し出すと、美奈は「そうですか？　じゃあ、いただきます」と遠慮がちにプルタブを開けた。

「んっ。この穴子、すげぇうまい！　美奈ちゃんも食べてみてよ」

石丸に勧められ、美奈も箸を伸ばして寿司を食べ始めた。

「本当。すごく美味しい！」

マンションの向かい側にある寿司屋から取った出前だが、味は悪くないようで安心した。引っ越しを手伝いに来てくれたふたりに、不味《まず》いものを食べさせたのでは申し訳がない。

「マルくんったら、ご飯粒ついてるよ」

「え、どこ？　どこについてるの？」

浅田がしょうがないわね、と言いたげな表情で、口もとについたご飯粒を取ってやる。

「お前ら、俺の前でいちゃつくな。目の毒だ」

からかったら、美奈は「え、やだっ、そんなんじゃありませんよ」と頬を赤らめた。石丸は嬉しそうにニヤニヤしている。

美奈に想いを寄せていた石丸は、十日ほど前に思い切って告白して、美奈からＯＫをもらえたのだ。以来ずっと浮かれっぱなしで、沢渡の引っ越しの手伝いも、当然のように美奈を連れてやって来た。冨美乃署でふたりの関係を知っているのは、今のところ沢渡だけらしい。

「でもよかったよ。石丸がいつ告白するのか気になっていたから、ふたりが上手くいって俺も嬉しい」

石丸と美奈は顔を合わせ、照れたように微笑み合った。お似合いのカップルだ。

「ありがとうございます。でも沢渡さんがいなくなったら寂しくなります。もっといろんなこと教わりたかったのに」

石丸がしんみりした口調で言うと、美奈も隣で頷いた。

「警察官に異動はつきものだからな。仕方ないさ」

沢渡は一年前に冨美乃署に異動になったばかりだから、今年はないだろうと思っていたのに、どういうわけかまた異動になった。

内示が出たのは、槙野が泊まっていった三日後だった。異動先は品川北署《しながわきた》の刑事課強行犯係。自宅から配属先の署までの距離や通勤時間には制限があり、冨美乃市からでは通えないから、また引っ越す羽目になった。

多忙な仕事の合間を縫って転居先を見つけるのは一苦労だったが、独身寮には絶対に入りたくなくて粘って探したら、署からひと駅離れた場所でいい物件が見つかった。急いで運送会社を手配して、異動日を明日に控えた今日、どうにか引っ越しを済ませることができた。

「あの、沢渡さん。沢渡さんって今、彼女いませんよね？」

美奈がいきなり尋ねてきた。

「なんだよ、急に」

「すみません。実は私の友達で、前から沢渡さんに憧れていた子がいるんです。だから異動になったのをすごく残念がってて。交通課にいる草加春子《くさかはるこ》って子なんですけど」

聞き覚えのある名前だ。確か髪の長い、清楚《せいそ》な雰囲気の子だったような気がする。

「もし沢渡さんに彼女がいないなら、今度、四人でご飯でもどうですか？」

ただの食事くらいならつき合ってもいいが、この場合はまずい。相手が沢渡に気があるのだから、行けば期待させることになる。

「悪い。今、つき合っている相手がいるんだ。だからその子とは会えないよ」

「えっ？　沢渡さん、彼女がいたんですかっ？」

大袈裟《おおげさ》に驚いたのは石丸だった。美奈が「もう、あてにならないんだから」と石丸の肩を叩く。どうやら石丸から沢渡に恋人はいないと聞いて、美奈はこの話を切り出したらしい。

「だって、沢渡さん、彼女はいないって言ってましたよね？」

「ああ、前はな。最近になってつき合い始めたんだ」

「沢渡さんの彼女ってどんな人ですか？　年上？　年下？　美人系？　可愛い系？」

すかさず美奈が食いついてくる。沢渡は「そうだな、ええと」としどろもどろになった。

「年下の美人系……？」

語尾が上がって疑問系になった。

「マジっすか。教えてくれたらいいのにっ。沢渡さん、水臭いっすよ」

「いや、ほら、異動だの引っ越しだので、バタバタしていたしな」

美奈が「つき合い始めたばかりってことは、今はラブラブですか？」とからかってきた。

「ま、まあ、仲よくはやってるよ。でもお互い多忙でなかなか会えない」

「そっかー。それは寂しいですね」

槇野も引っ越しを手伝いたいと言ってくれたが、向こうは向こうで捜査一課に配属になったばかりでかなり忙しそうだったから、落ち着いたら遊びに来てくれと断った。槇野は港区《みなと》に住んでいる。一気に距離が縮まったので、これからはもっと頻繁に会えるだろう。

あの夜、ベッドに場所を移してから本格的に抱き合った。沢渡は最後までするつもりでいたのだが、挿入行為はまたなかった。槇野は最初に辛い思いをすると、二度としたくないと思うものだから、アナルセックスに関しては慎重にいきたいのだと言い、指で沢渡の後ろを慣らす行為に留めた。

ローションを用意してきた槇野は、指をつかって沢渡の恥ずかしい場所を責め立てた。そんな場所で快感など得られなくてもいいと思っていたが、槇野の巧みな指使いに気持ちよくなってしまい、前をろくに刺激されてもいないのに二度目の射精へと導かれた。

自分の指で達した沢渡を満足そうに眺めてから、槇野は沢渡の手を借りて達した。強引で性急かと思えば妙な我慢強さもある。

槇野という男は、まだまだわからないことだらけだ。

八時頃、石丸と美奈は帰っていった。駅まで送っていった際、改札口の前で石丸が右手を差し出してきた。あらためて握手なんて照れ臭いと思ったが、石丸の顔があまりに真剣だったので断れなかった。

石丸は沢渡の手を強く握りながら、「今までありがとうございました」と礼を言った。

「またどこかで、沢渡さんと一緒に仕事がしたいです」

そんなことを赤い目で言うものだから、沢渡までグッときた。

石丸は無愛想な自分を慕ってくれ、いつも明るく接してくれた。刑事としてはまだまだ未熟だが、人として学ぶべき部分をたくさん持った心の優しい男だった。

「また遊びに来いよ。一緒に飲もう。お前ならいつでも大歓迎だ」

そう声をかけると石丸は嬉しそうに「はいっ」と頷き、美奈と一緒に帰っていった。

駅から家に戻る途中で携帯が鳴った。相手は槙野で、「引っ越し、無事に終わりましたか?」と聞かれた。

「ああ。石丸と浅田が手伝ってくれたから、大体は片づいた。今、ふたりを駅まで送っていった帰り道だ」

「そうですか。私も行きたかったたな」

残念そうに言う槙野は、世田谷《せたがや》区で起きた殺人事件の捜査本部に立ち寄った帰りで、今から本庁に戻ってこれからまだ仕事をするらしい。捜査一課の管理官は複数の捜査本部を抱えているので、帰宅は深夜を回ることも珍しくないと聞いているが、槙野から話を聞く限り、想像以上の激務だ。

「車が桜田門《さくらだもん》に着いたので切りますね。明日から新しい職場で頑張ってください」

珍しく甘い言葉を口にしないと思ったら、公用車の中からかけていたのだ。家からかけてくる時は、耳が痒《かゆ》くなるようなことばかり言うので困ってしまう。

「ああ。お前も頑張れよ」

通話を切ってから、メールの着信に気づいた。石丸からだった。

『今日はお疲れさまでした。お寿司、ご馳走《ちそう》さまでした！　また遊びに行きますね。今度、彼女を紹介してください！』

遊びに来るのはいいが紹介はできないな、と苦笑が浮かんだ。

別れ際、遊びに来いと言ったが、あれは社交辞令ではなかった。本当に石丸とはまた会って話がしたいと思ったのだが、そう思う自分が意外だった。人間関係に対してはドライな性格なので、以前の沢渡なら好意を持っている相手でも、異動になって会う機会がなくなれば、つき合いも終わったと考えたはずだ。

なのに今回は、このまま石丸とのつき合いが終わってしまうのは嫌だと感じている。もちろん石丸が人懐っこいからというのも理由のひとつだろうが、それだけではなかった。

急に人との関係を大切にしたいと思えるようになったのは、なぜだろう?

歩きながら考えていたら、ふと槙野の顔が浮かんだ。彼のせいかもしれないと思った。槙野という男が自分の中の何かに、小さな変化をもたらしたような気がする。

人とかかわることを面倒に思い、誤解されても別に構わないと割り切れる自分は強い人間だと思っていた。だが槙野に優しくされたり裏切られたり、また強く求められたりして、惑い揺れ動く脆弱《ぜいじゃく》な自分を目の当たりにしてから、まったく強くないと気づいた。

むしろ自分は弱かったのだ。傷つけないよう、傷つけられないよう、他人と距離を置いていただけだ。本当に強い人間は、他人とのかかわりから逃げないし、誤解されたら誤解を解くための努力もできる。

ひとりは楽だ。誰にも心を乱されない。孤独は慣れてしまえばそれほど辛くはないが、他人に心の中を掻き乱されるのは耐え難いストレスを生む。だから自分から積極的に友達や恋人をつくらずに生きてきた。

けれど槙野と出会い、誰かに気持ちや自分のペースを乱されたりして、相手の言動に腹を立てたり喜んだりするのも、案外悪くないと思えるようになった。相手が槙野だからそう思えたのかもしれないが、とにかく平穏な気持ちで生きることだけを考えていた自分が、ひどくつまらないと感じるようになったのだ。

槙野との関係はこれからだ。これから深く知り合っていくうち、自分はもっと変わっていくのかもしれない。あるいは自分が槙野を変えていくかもしれない。

「お疲れー。お先ー」

「お疲れさまでした」

刑事課の課長である宇崎《うざき》がいなくなると、残っていた強行犯係の刑事たちもひとり、またひとりと帰っていく。

「沢渡、お前も帰れよ」

同じ強行犯係の小塚《こづか》という刑事が話しかけてきた。年齢は沢渡より五歳年上で、中肉中背のこれといった特徴のない外見をしている。沢渡の面倒を見るように宇崎から指示されたせいか、よく声をかけてくれるのだが、義務的なのが丸わかりの態度だ。

「はい。この書類、書き終わったら帰ります。お疲れさまでした」

小塚が帰ってしまうと刑事課のフロアは当直の刑事を除いて、沢渡だけになってしまった。

品川北署の刑事課は全体的に人間関係がさばさばしていて、皆それぞれ他人の事情には首を突っ込まず、仕事が終わったらさっさと家に帰るのが普通らしく、赴任して二週間近くになるが、一緒に飲食をしたのは歓迎会の時だけだ。

刑事課を束ねる宇崎の性格が反映されているのだろう。馴れ合いを好まないようで、部下を引き連れて飲みに行く姿は、まだ一度も見たことがなかった。あまり存在感は感じられないのに、部下には一目置かれているところを見ると、怒ると怖いタイプなのかもしれない。

ベタベタした人間関係は苦手なので、淡泊なムード自体はいいのだが、いまだにまだ同僚たちの性格が掴めていない。まあ、そのへんは追い追い、理解していけるだろう。

沢渡は仕事が終わったあと、通勤に使っている自転車で周辺を走り回った。管内の大体の地理は頭に入っているが、交差点の名前を告げられた時、その周辺の景色がパッと頭に浮かぶくらいの土地勘がないと、いざという時に困る。

その日も仕事帰りに一時間ほど繁華街や住宅街を走り回り、ついでに外で簡単な食事を済ませて、また自転車に乗った。あちらこちらで桜が咲いていて、風も爽やかな気持ちのいい春の宵だ。

帰宅した時には十一時を過ぎていた。風呂でも沸かすか、と浴室に向かいかけた時、背広のポケットで携帯が鳴った。着信表示を見て、少しだけ胸が弾んだ。

電話に出ると、相手が「沢渡？」と名前を呼んだ。

「ああ。どうした、藤本」

「今週の日曜あたり、どうだ？　俺は休みが確実に取れるんだけど」

「そうか。じゃあ日曜にしよう。俺も大丈夫だ。事件が起きない限り、だけどな」

藤本は「ああ、わかってる」と答えた。

「事件が起きないように祈っておいてくれ」

「おう。毎日祈っておくよ。待ち合わせ場所なんかはまた電話するけど、新しい職場はどうだ。もう慣れたか？」

「まあ、ぼちぼちってところかな」

しばらくお互いの近況など語り合い、二十分ほど会話をして電話を切った。藤本とまた気兼ねなく話せるようになったのが嬉しくて、どうしても浮かれてしまう。鼻歌を歌いながら風呂を沸かして、着替えの下着を用意していると再び着信音が鳴った。今度は槙野からだった。

「さっき藤本から電話があったんだ。今度の日曜、一緒に飲むことになった」

槙野はふたりの飲み会実現を気にかけてくれていたので、真っ先に報告した。

「そうですか。よかったですね」

喜んでくれると思ったのに、槙野の声には感情がこもっておらず、まるで棒読みだった。

「……どうした？　疲れてるのか？」

怪訝《けげん》に感じて尋ねたが、返事がない。奇妙な沈黙に胸が騒いだ。

「槙野、どうしたんだよ。何かあったのか？　今どこだ。家にいるなら会いに行こうか？」

行ったことはないが槙野のマンションは元麻布《もとあざぶ》だ。タクシーで三十分もかからないだろう。槙野が来てほしいと言えば、今すぐ家を出るつもりだった。

「……いいえ、今、まだ仕事中なんです。すみません、なんでもありません。疲れて頭がボウッとしてました」

苦笑を滲《にじ》ませた声に少しホッとしたが、そこまで疲れていると聞くと、別の意味で心配になってくる。

「働きすぎだ。家に帰ったら、できるだけたくさん寝ろよ」

「はい。そうします。……沢渡さん」

「ん？」

少しの間、槙野は無言でいた。またボウッとしているのだろうかと思ったその時、「私のことが好きですか？」と聞かれた。

「な、なんだよ、突然。お前、仕事中に何言ってんだ」

「聞きたいんです。沢渡さんの気持ちを。言ってください。好きかどうか」

やけに真剣な口調で言い募ってくる。これは相当疲れているんだろうな、と同情めいた気持ちになってきた。だから恥ずかしかったが、「好きだよ」と言ってやった。

「好きに決まってるだろ。でなきゃ、つき合うわけない」

本当は優しく言ってやりたかったのに、照れ隠しでぶっきらぼうな口調になった。

「ありがとうございます。嬉しいです。……おやすみなさい」

電話は唐突に切れた。働きすぎでノイローゼにでもなっているんじゃないだろうか？

どうしたらいいのかわからず、取りあえず『あんまり無理するなよ。時間ができたら、いつでも部屋に寄ってくれ』という内容のメールを送った。

いつもならどんなに遅くてもその日のうちに返事が来るのに、そのメールに対する返信はなかった。

3

「病院は苦手だ。どうにもこうにも辛気臭《しんき》い」

病院の廊下を歩いていると、隣で小塚がぼやいた。病院が得意な人間なんていやしないだろうと思いながらも、沢渡は「そうですね」と同意した。

「……ここだな。行くか」

小塚が病室の前で立ち止まった。ドアの脇にあるプレートには、『玉木麻衣子《たまきまいこ》』という名前が見て取れる。

ノックをして個室の病室に入ると、ベッドの上に若い女性が横たわっていた。スーツ姿の二人連れが入ってきたので、女性は怪訝な表情を浮かべている。

まだあどけなさが残る顔立ちだ。資料では二十三歳とあったが、すっぴんだと十代でも通用する。だが化粧をすれば変わるのだろう。彼女は六本木《ろっぽんぎ》のキャバクラ『ヘブンリー』の売れっ子キャバ嬢だ。

「玉木麻衣子さんですよね。品川北署の者です。私が小塚、こっちは沢渡です。今回の事件の件でお話を伺いたいのですが、よろしいでしょうか？」

小塚が名乗ると、麻衣子は「ああ、刑事さんなんだ」と納得したように頷いた。

「そうだ、警察手帳とか見せてよ。本物、見たことないんだよね」

小塚はチラッと沢渡を見た。お前が見せろと言っているのだ。沢渡は内ポケットから警察手帳を取り出し、麻衣子に見せた。

「うわー、本物！　友達に自慢しよ」

内心で驚いた。昨日、ナイフで腹を刺されたというのに脳天気な子だ。幸い傷は浅く命に別状はないそうだが、昨日の今日ではまだショックが残っていそうなものなのに、あまりにもあっけらかんとしている。

「あなたを刺した沼田裕一《ぬまたゆういち》は、依然、逃走中で見つかっていません。玉木さんは沼田と交際していたんですよね？　逃げ込みそうな場所に、心当たりはありませんか？」

小塚の質問に麻衣子は「うーん」と顔をしかめ、沼田の友人の名前をいくつか口にした。住所がわかる者もいればわからない者もいたが、麻衣子の携帯に電話番号はすべて入っていたので、そこから自宅を割り出せるだろう。

「ねえねえ。裕ちゃん、捕まったら刑務所に入れられちゃうの？」

「それは裁判で決まることですからなんとも言えませんが、ふたりの人間に怪我を負わせた以上、実刑は免れないでしょうね」

小塚の答えを聞いて、麻衣子は自分の爪を見ながら「ふうん」と頷いた。

「そっかー。裕ちゃん、刑務所行くんだ」

どうでもいいような口調だった。元恋人の処遇より、禿げたネイルが気になるらしい。小塚がやれやれという表情で目配せしてくる。

麻衣子と沼田は同じ年で、高校時代からつき合っていた。仲のいいふたりだったが、麻衣子がキャバクラで働くようになってから、ふたりの関係はぎくしゃくし始めた。そのうち麻衣子に好きな男性ができ、別れ話が持ち上がった。だが沼田は納得せず、別れることに同意しなかった。

長引く別れ話にうんざりした麻衣子は、沼田の了解を得ず新しい恋人とつき合い始めた。そうすれば、沼田も諦《あきら》めてくれるだろうという気持ちもあったようだ。

ところが昨日の夜、麻衣子の部屋に沼田が訪ねてきて、しつこく復縁を迫った。そこに新しい恋人である向井俊《むかいしゅん》がやって来て、揉み合いになった。向井に殴られた沼田はカッとなって台所にあった果物ナイフを摑んで襲いかかり、向井は腕を切られた。

負傷した向井を庇《かば》おうとした麻衣子は、ふたりの間に割って入り腹部を刺された。麻衣子を刺した沼田はそのまま逃亡し依然として消息不明だ。

これらの話は昨夜、向井から聞いたことなので、麻衣子にも事実確認をした。

「うん。大体そんな感じ。裕ちゃん、馬鹿だよね。あんなことしたって、どうにもならないのに。本当に馬鹿。そういえば、これって殺人罪になるの？」

「今のところは傷害事件として扱っています」

沼田は真面目な会社員で初犯だったこと、また計画性はなかったことから、そういう判断になった。麻衣子は「ふうん」と頷くだけで、他の感情は見せなかった。だから安堵《あんど》しているのか不服なのかわからない。

「……沢渡。課長から電話が入った。あとを頼む」

小塚は携帯を摑んで病室から出ていった。その直後、まるで入れ替わるように、向井俊が入ってきた。昨夜、事情聴取をしているので、向井は沢渡を見て「あ、昨夜はどうも」と挨拶《あいさつ》してきた。

向井は沼田に左腕を切りつけられ、五針縫ったと聞いているが、包帯は上着に隠れて見えないので、一見したところ怪我人には見えない。だが事件のショックが残っているのか、顔色は冴《さ》えなかった。

「俊くん。来てくれたんだ」

「うん。麻衣ちゃん、身体はどう？　お腹、痛くない？」

優しい声だった。向井は顔つきも優しい。黒縁の眼鏡をかけ、いかにも真面目そうな男だ。大学院で都市工学を学んでいるらしい。

「今はまだ麻酔が効いているから平気。ちょっと吐き気がするくらいかな」

麻衣子と会話をしてから、向井は沢渡に向き直った。

「沼田、まだ見つかってないんですか?」

「はい。他の者が自宅を張り込んでいますが、帰ってきていません」

「お願いします。沼田を早く見つけてください」

向井に頭を下げられ、沢渡は「最善を尽くします」というお決まりの言葉を返した。てっきり自分を切りつけ、麻衣子を刺した男を恨んでそう言っているのだろうと思ったが、向井の真意は違った。

「あいつ、すごく真面目な男なんです。きっと後悔して、ひどく自分を責めていると思います。思い詰める性格だから、馬鹿な真似をしないかと心配なんです」

「それはたとえば自殺とか、そういうことですか?」

向井は顔を強ばらせて頷いた。向井と沼田は大学時代の同級生で、ずっと親しくつき合ってきたらしい。要するに、言葉は悪いが向井は友人の彼女を奪ったわけだ。そして麻衣子は恋人を裏切り、恋人の友人に鞍替《くらが》えした。麻衣子は平気そうだが、向井は強い罪悪感を感じているのだろう。

しばらくして戻ってきた小塚が「またあらためて、お話を伺いに来ます」と言ったので、沢渡は「お大事に」と言い残して病室をあとにした。

廊下を歩きながら小塚は、「どっちもどっちだよな」と吐き捨てるように言った。

「刺した男も悪いが、恋人の友人と浮気した女も十分悪いだろ。二股かけて刺されたなら、自業自得ってもんだ」

黙っていればよかったのに、沢渡はつい言い返してしまった。

「どういう状況であろうと、被害者が悪いという考え方は好きではありません」

反論されるとは思ってもみなかったのだろう。小塚は不機嫌そうに沢渡をにらみつけた。

「捜査に私情は持ち込むなって言いたいのか？　じゃあ、お前はいっさいの私情なしで捜査してるのかよ」

そうは言っていない。人間だからどうしたって私情は生まれる。たとえば子供が被害者の事件などは、卑劣な犯人を絶対に捕まえてやるという熱い思いに、自然と駆り立てられるものだ。だが被害者に非があるから襲われても仕方がないという考え方は危険だ。自覚はなくても無意識のうちに犯罪を容認してしまっている。

こういうことは刑事に限った話ではない。世間にもその風潮はある。たとえば真面目な女子高生が卑劣な男たちに襲われたら、世間は一方的に同情する。だが派手な格好をした不良少女が襲われた時は、女の子にも責任はあるだろうという冷たい見方をする。世の中には可哀想な被害者と、可哀想だと思われない被害者がいるのだ。

病院の玄関を出た時、小塚が憮然とした表情で沢渡を振り返った。

「お前はこれから沼田の自宅に行け」

「沼田の自宅ですか？　佐々木《ささき》さんと北見《きたみ》さんが張り込んでいますよね？」

「管内で殺人事件が起きた。ふたりを呼び戻すから、お前が見張りを交代しろ。俺は車で現場に向かう。じゃあな」

駐車場に向かって歩いていく小塚の後ろ姿を見ながら、沢渡は溜め息をついた。殺人事件が起きたなら強行犯係は全員招集されてもいいはずなのに、自分だけが通常捜査を命じられてしまった。嫌がらせだろう。どうやら完璧に怒らせてしまったようだ。

仕方なく沢渡は病院の中に戻り、受付の女性に駅までの道を尋ねた。

張り込みは空振りに終わった。強行犯係は殺人事件の捜査で全員出払っているので、手伝いに駆り出された組対課の刑事が、夜になって交代しにやってきた。

沢渡は相手に礼を言って署に戻った。殺人事件の犯人はまだ見つかっておらず、品川北署に特別捜査本部が設置されることになったようだ。第一回目の捜査会議が始まっているらしく、署内は閑散としていた。

書類仕事の途中、自販機のコーヒーを買うために廊下に出た。捜査会議が終わったのか、刑事や署員たちがぞろぞろと奥から出てきた。その中には本庁から派遣された捜査一課の刑事たちの姿もある。彼らは背広の襟にバッジをつけているから、ひと目でわかるのだ。バッジは「S1S mpd」という金文字の入った金枠つきの赤い丸バッジで、「S1S」はSearch 1 Selectを略した文字である。

通り過ぎていく本庁の刑事たちを何げなく見送っていたら、見知った顔がいた。驚いて手に持った缶コーヒーを落としそうになった。

槙野がそこにいたのだ。腕にトレンチコートを抱え、こちらに向かって歩いてくる。

「……沢渡さん？」

気づいた槙野が足を止める。沢渡は「どうも」と頭を下げた。

まさかの事態だ。特別捜査本部の本部長は警視庁の刑事部長が務め、副本部長は捜査一課長と所轄署の署長の二名が任命されるが、実際に捜査の指揮を執るのは管理官の仕事だ。この特別捜査本部は槙野の担当らしい。

「捜査会議には出られていませんでしたよね？　なぜですか」

冷たい目つきで尋ねてくる槙野は別人のようだった。これが普段、部下たちに見せている表の顔なのだろう。

「俺は通常業務を命じられましたので」

「強行犯係のあなたが殺人事件の捜査に参加しないのはおかしな話だ。……わかりました。私の権限であなたを捜査本部に呼びましょう」

咄嗟《とっさ》に「困ります」と言い返していた。槙野の眉根がかすかに寄る。

「なぜですか？」

「それは……。知り合いだからといって、特別扱いは嫌なんです」

槙野は小さな吐息をつき、「誤解しないでください」と言った。

「特別扱いとか、そういうことではありません。あなたは刑事として優秀な方です。そして捜査に有能な人材を投入するのは、指揮官である私の仕事です。私は自分の仕事をしているまでですよ」

そう言われて、贔屓《ひいき》だと思い違いをした自分が恥ずかしくなった。

「捜査本部に来ていただきたいと思っていますが、強制はしません。どうしますか？　あなただって殺人事件の犯人を捕まえたいでしょう?」

その言い方に反発心が湧いた。手柄を立てたいだろうと聞かれている気がしたのだ。

「人員的に足りているようでしたら、遠慮させてください。俺には俺の捜査がありますので」

槙野は何か言いたげな顔をしたが、唇を引き締めて小さく頷いた。

「わかりました。ではそのように」

去っていく槙野の後ろ姿を見送りながら、沢渡は失敗したと思った。

槙野直々に捜査本部へ呼ばれたというのに、くだらない意地が頭をもたげ、つい断ってしまった。他の上司の命令なら、当たり前のように喜んで捜査本部に参加したはずだ。

捜査に私情は持ち込まないと決めているはずなのに、捜査以前の部分に持ち込んでいる。きっと槙野も呆れただろう。情けない自分につくづく嫌気が差した。

沢渡は落ち込みながら帰宅した。こういう夜はビールでも飲んで早く寝たほうがいい。グダグダ考え込んでも、落ち込む一方だ。

そう思い、キッチンで立ったまま缶ビールを飲み始めた時、携帯が鳴った。槙野からだった。

一瞬迷ったが、あのやり取りのあとで無視したら気まずくなると思い、通話に出た。

「沢渡さん。今、部屋の前にいます。少しだけいいですか?」

いきなりそんなことを言われてびっくりした。急いで玄関に向かいドアを開けたら、本当に槙野が立っていた。

「いきなり来て、申し訳ありません」

「いや、いいよ。驚いたけど。入れよ」

槙野は首を振った。ふたりきりなのに、まだ硬い顔を崩さない。

「下に車を待たせているので、ここで結構です。……先ほどは、すみませんでした」

頭を下げられ、「やめろよ」と腕を摑んだ。

「なんでお前が謝るんだよ」

「失礼なことを言いました。怒っているんでしょう?」

「怒ってないよ。人がいる場所では警視と巡査部長なんだから、あれが普通だろ」

槙野はなぜか沢渡と視線を合わさない。足もとや沢渡の胸もとばかりを見ている。

「……明日、藤本さんと会うんですよね」

「ん? ああ、そのつもりだ」

「もしかして、だから捜査本部に入るのを嫌がった?」

まったく意味がわからなくて、沢渡はきょとんとした。

「どういう意味だ?」

「捜査本部に入れば、当分休みなんて取れませんよね。当然、藤本さんとまた会えなくなる。

それが嫌で捜査本部入りを嫌がった。そうじゃないんですか？」

意味がわかったら、今度はぽかんとなった。

「なんだ、それ……。お前、それ本気で言ってるのか？　俺が飲みに行きたい一心で、捜査本部入りを蹴ったと？　そんな馬鹿な話、あり得ないだろ」

槙野はしばらく黙っていたが、「ですよね」と苦笑を浮かべた。

「今のは冗談です。忘れてください」

「冗談にしてもひどいぞ。本気で言ってるなら殴ってるところだ」

沢渡に胸を小突かれながら、槙野は「すみません」と笑った。やっといつもの槙野に戻ったようで、沢渡の顔にも笑みが浮かぶ。

「俺こそすまなかったな。特別扱いだなんて言って、思い違いをした自分が恥ずかしいよ」

「いえ、思い違いじゃありません。優秀な刑事だから捜査本部に参加してほしいと言ったのは本当ですが、あなたがどうしようもないほど使えない駄目な刑事でも、きっと同じことを言ったでしょう」

沢渡が「指揮官失格だぞ」と冗談を言うと、槙野は「ええ、本当に」と頷いた。

「もう行きます。急にすみませんでした」

「いや、来てくれて嬉しかった」

それまで廊下に立っていた槙野が、不意に玄関の中に踏み込んできた。背後でドアが閉まる。

「槙野？」

ひどく思い詰めたような顔をしている。突然、強く抱き締められた。夜気をまとった背広はしっとり冷たく、まるで夜に抱かれているみたいだ。

「槙野……？　どうしたんだ。苦しいよ」

無言を守る槙野に不安を覚えて、話しかけてみた。槙野はそれでも何も言わない。

この前の電話でも変だった。やはり疲れているのだろうか。

沢渡が手を上げて背中を抱き返そうとした時、槙野はすっと身体を離した。

「すみませんでした。おやすみなさい」

呼び止めようとしたが、槙野は素早く玄関から飛び出していった。心が騒いで仕方がない。沢渡は靴を履いて通路に出た。槙野の姿は通路にはもうなく、沢渡は下を覗《のぞ》き込んだ。

マンションの前に黒塗りの車がハザードをつけて停車している。警視庁の公用車だ。捜査一課の管理官には、専用の捜査車両と運転手があてがわれる。

マンションの玄関から出てきた槙野は、待機させてあった車に足早に乗り込んだ。何かに対して怒っているかのような、荒々しい足取りだった。

槙野を乗せて走りだした車は、夜の闇に溶けるように見えなくなった。

4

「取りあえず乾杯ってことで」

「ああ。お疲れ。――乾杯」

　グラスを合わせたあと、よく冷えたビールに口をつける。ほぼ同時に最後まで飲み終えた沢《さ》渡《わたり》と藤本《ふじもと》は、フーッと息を吐いて、それから顔を見合わせて笑った。

　乾杯のあとの最初の一杯は、最後まで一気に飲み干す。それが学生時代からのふたりのお約束だった。もしかしたら藤本はもうそんな子供っぽい決まり事に、つき合ってくれないのではないかと思っていたが、心配は無用だった。

「家に押しかけて悪かったな」

「何言ってんだ。俺が誘ったんじゃないか。たいした食い物はないけど、ゆっくりしていってくれ」

　沢渡も藤本も外で飲むのはあまり好きではない。昨日、藤本から「明日はどこで飲む?」と電話がかかってきた時、うちに来ないかと提案したら喜んで承諾してくれた。

「久しぶりに沢渡の手料理が食えるのを楽しみにしてきたんだ。うまそうだな」

テーブルの上に並んだ料理は刺身の盛り合わせ、イカの煮付け、筑前煮、だし巻き卵、サツマイモのかき揚げなどで、どれも藤本の好物だ。

「じゃあ、さっそくいただきます」

藤本は手を合わせ、沢渡のつくった料理を食べ始めた。ひとくち食べては目を細めてうんうんと頷く。それを何度も繰り返すので、見ているほうが恥ずかしくなった。

「うまい。やっぱお前の料理、好きだなぁ。嫁さんに欲しいくらいだ」

「料理目当てなら、板前でも口説けよ」

くだらないことを言いつつ、ふたりして食べて飲んだ。今日の藤本の格好はジーンズに薄手のセーターという軽装で、髪も固めていないせいかまったくエリートっぽさがない。しかしそういう格好でも、藤本は十分に格好よかった。

槙野が完璧な二枚目だとしたら、藤本は味のある二枚目とでも言うのだろうか。ものすごくハンサムというわけではないが、優しげな風貌に人柄が滲《にじ》み出ていて、目尻の笑いじわさえ魅力的だ。学生時代はラグビー部で活躍していたので、体格にも恵まれている。

勉強もできてスポーツも万能。そのうえ気取らなくて性格もいいから誰にでも好かれる。沢渡の知る限り、藤本のことを悪く言う人間はひとりもいなかった。

「新しい職場はどうだ？　上手くやってるか？」

まあ、なんとかな、と軽く答えるつもりだったのに、藤本の優しい顔を見ていたら、つい弱音がするっと口からこぼれ出た。

「あんまり上手くはやれてないかな。相変わらず人の気持ちがわからなくて、つい余計なことを言っちまう。さっそく同僚とこじれた」

「何があったんだよ」

些細《ささい》なことだけどな、と前置きして、小塚《こづか》を怒らせた出来事を話して聞かせた。そのせいで捜査本部にも呼ばれなかったことを知ると、藤本は不愉快そうに「つまらない真似をする奴だな」と感想を漏らした。

「そんな奴のことは気にするな」

「でも適当に話を合わせておけば、波風は立たなかった」

「そんなことができる性分じゃないだろ。間違ったことは言ってないんだから、気にするな。お前は悪くない」

沢渡が小さく笑ったら、藤本は「なんだよ？」と不思議そうな顔をした。

「いや。なんでもない。ありがとう。気が楽になった」

学生の頃から落ち込んでは藤本に気にするなと言われて、いつも気が楽になったものだが、今でもそれは同じで、俺って進歩がないな、と思ったら可笑《おか》しくなったのだ。

藤本には友人が大勢いた。藤本と行動を共にすることが多かった沢渡は、必然的に藤本の友人たちともつき合いができたが、言葉が足りなかったり逆に言葉が過ぎたりして、相手の機嫌を損ねることが何度もあった。

沢渡に悪意はなく、大抵は相手の誤解や短気が原因だったので、藤本はいつも「お前は悪くないんだから気にするな」と慰めてくれた。藤本さえわかってくれるなら、他の奴らに嫌われても構わないと思ったこともある。

「俺の言葉で気が楽になるなら、いつでも言ってやるよ。落ち込んだ時は電話してこい」

ふんぞり返って言うから可笑しくなって、「えらそうに言うなよ」と机の下で脛《すね》を蹴飛ばした。蹴られた藤本も「いてぇな」と笑っている。笑うと若い頃の顔に戻る。

急に高校の頃の記憶が蘇《よみがえ》ってきた。食堂で笑いかけてきた、あの時の藤本の笑顔。

「……藤本。今さら聞くのもなんだけど、いい機会だから教えてくれ。どうして俺と友達になってくれたんだ?」

「え、いきなりなんだよ」

突然の質問に藤本は面食らっている。沢渡は言ってから恥ずかしくなり、グラスに残ったビールを飲み干した。ここは酒の勢いを借りるしかない。

「いいから教えろよ。俺たち同じクラスだったけど、途中まではまったく接点なんてなかっただろ？　でも急にお前が俺に声をかけてきて、一緒に行動するようになった。今でも不思議なんだ」

ふたりが知り合ったのは高校二年生の時だ。藤本はクラスの中心的存在で、いつも周りには友達がたくさんいた。沢渡は無口で友達もおらず、休み時間はひとりで本を読んでいるような根暗なタイプだった。

一学期の終わり頃だったと思う。学食でひとりで昼食を食べていると、トレイを持った藤本がやって来て、「ここ、いいか？」と尋ねた。いつもは数人の友人と一緒の藤本が、その日に限ってなぜかひとりだった。

他にも空いた席はたくさんある。クラスメートでも話したことのない自分と、なぜ同席したがるのだろうと訝《いぶか》しく思いつつも、沢渡は「いいけど」と答えた。藤本は「サンキュー」と言って向かい側に腰を下ろし、天ぷらうどんを食べ始めた。

「沢渡って休み時間、いつも本読んでるよな」

藤本はうどんを豪快に啜《すす》りながら話しかけてきた。

「そんなに本が好きなわけ？」

「特別好きでもない。暇だから読んでるだけで」

人気者でいつもそばに友達がいる藤本には、することがなくて本を読む人間の心理などわからないのだろう。そう思ったら答える声がきつくなった。

「あ、そうなんだ。じゃあ俺が話しかけても、構わなかったりする？」

沢渡の無愛想な話し方を気にもせず、藤本はそう言ってにっこり笑った。なぜかあの時、そのあけすけな笑顔を見てドキッとしたのを覚えている。からかわれているのだろうと思ったが駄目とも言えず、「別にいいけど」と答えた。

それから藤本は本当に休み時間になると、沢渡の前の席に座っていろいろ話しかけてきた。休み時間だけではなく、教室の移動の時も気がつけば隣にいたし、お互いに部活がない時は一緒に下校したがった。やがて互いの家を行き来したり、休みには遊びに出かけたりするようになり、いつの間にか藤本という男は沢渡の親友になっていた。

「なんでって聞かれてもなぁ。友達になりたいって思うのに理由なんているのか？　恋愛と同じで、こいつ、なんかいいなって思ったら仲よくなりたいだろ。そんなもんさ」

そんなものなのだろうか？　自分から友達をつくったことのない沢渡には、藤本のアバウトな答えがよく理解できない。

「でもあれだ。友達になるだけなら誰とでもなれるけど、つき合いが長続きするかどうかは相手次第だな。お前と親しくつき合ってきたのは、俺がお前を尊敬しているからだ」

思いも寄らない言葉が返ってきて、沢渡は「えっ」と変な声を発してしまった。

「そ、尊敬ってなんだよ。俺みたいな男のどこを尊敬できるっていうんだよ」

「変に照れるなよ。こっちまで恥ずかしくなるだろうが」

さっきのお返しとばかりに臑を蹴られた。

「お前は一見クールだし愛想もよくないけど、本当は心の優しい男だ。優しいけど強い。周囲の意見に流されないし、ぶれない自分を持っている。それに絶対に人の悪口も言わないよな。お前のそういうところを、昔から尊敬してるんだ。……俺は八方美人で誰とも上手くやれるが、それは裏を返せば孤立するのが怖いからだ。だから学生の頃はお前のような、孤立を恐れない強い人間になりたいと思ったものだ。……ったく、言わせんなよ。小っ恥ずかしいだろ」

藤本は苦笑いを浮かべてビールを飲んだ。沢渡は多少酔っていることもあって、「俺だって」と言い返した。

「尊敬っていうなら、俺だってそうだ。俺もずっと藤本のことを尊敬してた。誰にでも優しいし、細かい気づかいができるし、何より人としての器が大きい。俺にはない資質をたくさん持っているお前に憧れてた。俺も何度もお前みたいになりたいと思ったよ」

「沢渡……」

少しの間、無言で黙って見つめ合っていたが、そんな自分たちが可笑しくなり、ふたりはほぼ同時に噴き出した。

「ったく、なんの話だよっ。ふたりで褒め合って馬鹿みたいだな。気持ち悪い」

「俺だって鳥肌が立ったよ」

照れ隠しもあって沢渡は大袈裟に腕をさすった。だが笑いながら、心の中で藤本にあらためて感謝していた。藤本がいなければ、自分のこれまでの人生はもっと孤独だったはずだ。藤本はたくさんのことを教えてくれた。理解される喜び。励まされる喜び。そしてなんでも話せる相手がいる喜び。

不器用な自分を一番に理解してくれたのは、いつだって藤本だった。


食後、キッチンで皿を洗っていたら、後ろで藤本が「ああ、そうだ」と声を上げた。

「言うの忘れてた。この前、銀座《ぎんざ》で明美《あけみ》ちゃんと会ったぞ」

懐かしい名前を耳にして、食器を洗う手が止まった。

「明美って、あの明美?」

「そうだよ。お前の彼女だった明美ちゃん。顔を見るのは十年ぶりくらいだから、藤本くんって声をかけられた時、最初は誰かわからなかった。すごく太って——いや、ふくよかになってたしな。三歳くらいの女の子をつれてた。今、八王子《はちおうじ》に住んでるんだってさ」

「へえ、そうなのか。結婚したんだな」

明美とは中学と高校が同じで、高校一年の時に告白されてつき合うようになった。沢渡は陸上部で走り高跳びをやっていて向こうはマネージャーだったから、一緒に過ごす時間も多く、交際に発展したのは割と自然な流れだったように思う。

大学卒業後、沢渡は警察官になり、明美も銀行に就職してお互い多忙になり、これまた自然な流れで破局した。今にして思えばこんな面白みのない男と、よく十年近くもつき合ってくれたと感謝したいほどだ。

「ショックじゃないのか？」

「ええ？　今さらだろ。もう大昔に別れたんだから。明美が結婚して幸せになっているなら、俺も嬉《うれ》しいよ」

「そうか。だったらいいけど。……俺は駄目だな。いつまでも未練がましくて。好きだった相手のこと、忘れられなくてずっと引きずってる」

目を向けると藤本は頬杖《ほおづえ》をつき、テーブルの上に落ちたピーナッツを指先で転がしていた。そんな話は初耳だ。藤本も酔っているから、普段は言えないような打ち明け話がしたくなったのだと思い、「それって誰のことだよ」と尋ねた。

「あ、待て。言うな。当ててやるから。あの子だろう？　高校の頃につき合ってた、えーっと誰だっけ？　髪の短い、小柄だった子」

「恵子《けいこ》？　恵子じゃないよ」

「だったら大学の時の彼女だ。美人の三橋《みつはし》さん」

「ブー。はずれ」

　藤本はもてるが、なぜかひとりの彼女と長く続かない。一番、交際期間が長かったのは、一昨年くらいまでつき合っていたピアノ教師の女性で、彼女とは一年ほどもった。いつも振るのは藤本のほうだ。本人曰く、好きだという気持ちがあるのに、本気で惚《ほ》れるところまではいかず、次第に罪悪感を覚えて辛くなるのだそうだ。ある意味では誠実だし、ある意味では身勝手な話だ。

　そんな藤本が未練を引きずっている相手とは、一体誰なんだろう？　もしかして沢渡が知らないだけで、ひそかに片思いをしていた女性がいたのだろうか。

「降参。全然わからないな。教えてくれ」

　タオルで手を拭《ふ》きながら尋ねると、「聞いたら、お前は驚くだろうな」と意味深な答えが返ってきた。そんな言い方をされたら、ますます気になる。

「誰なんだよ。もったいつけずに教えろよ」

「ああ。じゃあ言うよ。俺が忘れられない相手は――」

その時、藤本の言葉を遮るように、沢渡の携帯が鳴った。沢渡は「悪い」と断りテーブルに置いてあった携帯を摑んだ。電話は槙野《まきの》からだった。

「沢渡さん。今、どこですか？」

「槙野か。今、家だ。藤本が来てる」

背後が少し騒がしい。声をひそめ気味にしているのは、まだ仕事中だからだろう。

「……沢渡さんの部屋で飲んでいるんですか？」

「ああ。そのほうが――あっ」

びっくりした。いきなり背後から藤本に携帯を奪われたのだ。いつの間に後ろに来たのだろう。いや、それよりも、どうしてそんな怖い顔をしているのか。

「――槙野。邪魔をするな」

低い声でそう告げると、藤本は勝手に電話を切ってしまった。藤本らしからぬ横暴な態度に驚いてしまい、沢渡は呆然《ぼうぜん》となった。酔っているにしても、ちょっとひどすぎる。

「どうしたんだよ。何怒ってるんだ？　お前らしくないぞ」

「お前との時間を、槙野に邪魔されたくないんだよ」

藤本は携帯を置き、しばらくうつむいていたが、首を曲げて沢渡を見た。すくい上げるような視線に搦《から》め捕《と》られ、嫌な胸騒ぎがする。藤本の様子は明らかに変だ。

「……藤本？」

「お前、槙野とつき合っているんだってな」

静かな声だった。その静かな声に心臓を強くひと突きされたような気がした。

「槙野から聞いた時はショックだったよ。信じられなかった。まさかお前と槙野が、そんな関係になるなんてな。あいつと寝たんだろう？」

不快さを隠そうともしない口調だった。今すぐこの場から逃げだしたい気持ちに襲われる。まさか藤本が知っていたとは。槙野とのつき合いが長く続けば、いつかは話すつもりだった。しかし今はまだそんな段階ではないから言う必要はないと思い、なるべくその問題について考えないようにしていた。

本当は打ち明けるのが怖かったのだ。藤本に軽蔑《けいべつ》されるのが嫌で、槙野とのことは秘密にしておきたかった。

「……黙っていてすまない」

言えたのはそれだけだった。藤本は「どうしてだよ」と沢渡ににじり寄った。

「お前、普通に女が好きだったよな？　なのに、なぜ急に男とつき合いだしたんだ？」

「それは……。俺も不思議なんだけど、槙野の好意を嬉しいと思ったんだ。迫られて嫌だと思わなかった。気がついたら、俺も槙野を好きになってた。だからOKした。OKしたってことは、俺もゲイなんだと思う」

そんな答えでは納得できないというように、藤本は「違うっ」と頭を振った。

「お前はあいつに流されているだけだ。あいつは口が上手いから、甘い言葉でその気にさせられたんだろう？　知り合ったばかりなのに、そんな簡単にすぐ好きになるなんて変だ」

親友がゲイだという事実を認めたくないのだと思った。いたたまれない気持ちになって、沢渡は藤本に背中を向けた。

「人の気持ちを簡単に否定するなよ。俺だって悩んだし考えたんだ」

沢渡が黙ると部屋の中は静まり返った。うなじのあたりに藤本の視線を感じ、真綿で首を絞められているように息苦しくなってくる。

「……俺は認めない。お前が槙野の恋人になるなんて、絶対に嫌だ」

絞り出すような苦しげな声だった。言い返す言葉を探していたら、思いがけないことが起きた。突然、後ろから抱き締められたのだ。両腕で肩を強く抱かれ、呼吸が止まりそうになる。

「ふ、藤本……？」

「沢渡。どうしてなんだよ。どうして槙野なんかと……」

吐息が耳朶にかかり、その生々しい感触に頬が熱くなった。

「な、何してるんだ、離せよっ」

もがいたが藤本の腕はいっこうに外れない。どこにも逃さないというように、きつく束縛されて妙な危機感が湧き上がる。

「どうしたんだよ、藤本。酔ってるんだろ」

「少しはな。でも自分のしていることはわかってる。……沢渡。俺じゃあ駄目なのか？」

「え……？」

意味がわからず聞き返した。

「お前がつき合う相手だよ。俺は駄目か？」

「藤本、何言ってるんだ。お前、やっぱり酔ってるよ」

笑いで誤魔化そうとしたら、首筋に柔らかな唇の感触を感じた。キスされたのだと気づき、息を吞む。

「……っ」

「本気で言ってる。さっきの話。俺がずっと忘れられないでいる相手って、お前だよ」

衝撃的な言葉に頭の中が真っ白になった。からかわれているのだと思いたいが、藤本の真剣な告白はさらに続いた。

「俺はずっとお前が好きだったんだ。高校の頃からずっとな。でも自覚した時には、お前は俺の親友になっていて、気持ちを打ち明けたらふたりの友情が終わると思った。ふたりの関係を壊したくなくて、俺はお前に告白しないと決めた。早くお前を忘れたくて、たいして好きでもない女とつき合ったりもしたよ。だけど、お前以上に好きになれる相手は見つからなかった」

心臓が騒いでうるさい。こんなに激しく鼓動を打ったら藤本に気づかれてしまう。そんな変な心配をしている自分が気持ち悪かった。

「お前に殴られて、ふたりの関係がこじれた時は、お前のことを忘れるいいチャンスなのかもしれないと思った。親友を失うのは辛いけど、これでやっと踏ん切りもつく。そう思ったよ。でも再会して、やっぱりお前との関係を絶つなんてできないと実感した。友達でいいから、お前とは一生つき合っていきたい。そう思った矢先にお前と槙野の関係を知ったんだ。悔しくて頭がどうにかなりそうだったよ」

肩を抱く腕にいっそう力が入る。藤本の悔しい気持ちが直に伝わってきた。

「まさか信頼していた部下に、お前を横取りされるとはな。しかも俺が仲を取り持ったようなものじゃないか。槙野なんかにお前を渡したくない。心からそう思った。……沢渡」

不意に抱擁《ほうよう》が解け、身体を回された。向き合う体勢で藤本が言った。

「好きだ。何度も忘れようとしたけど駄目だった」

藤本の目は赤く潤んでいた。藤本の初めて見る姿に、激しく胸を揺さぶられる。

知らなかった。藤本が自分を好きでいてくれたなんて。そのせいでずっと苦しんでいたなんて。まったく気づけなかった自分が、情けなくて仕方がない。

何が親友だ。一番大事な友人の気持ちに気づけもしないで、いつだって藤本に甘えてきた。この男の優しさに寄りかかってきた。ふたりの友情は、藤本の我慢と忍耐の上に成り立っていたのに。

「……藤本。俺、お前に謝りたい。何も気づかなかった俺を許してくれ」

どれだけ苦しかっただろう。きっと何度も沢渡と距離を置きたいと思ったはずだ。でも藤本は一度も沢渡を突き放したりしなかった。この男の忍耐強さには、つくづく頭が下がる。

「なんでお前が謝るんだよ。騙していたのは俺のほうなんだぞ?」

顔を歪《ゆが》ませる沢渡を見て、藤本は笑った。咄嗟に首を振った。騙されていたとは思わない。人を好きになる気持ちは、自分ではコントロールできないものだ。藤本は何も悪くない。

「参ったな。まさかお前に謝られるとは思わなかった。でもきっとそんなお前だから、惚れちまったんだろうな。……本当に参った」

手が伸びてきて、指先が頬に触れた。驚いて一歩下がったら、その行動が呼び水になったのか、藤本がいきなりキスしてきた。壁に押しつけられ唇を奪われる。

あっと思った時にはもう、火傷《やけど》しそうに熱い舌が猛然と入り込んでいた。

「ふじ……ん――っ」

力が抜けて思うように抵抗できない。胸を叩いてやめろと訴えたが、そんな動きは抵抗のうちにも入らなかったようで、藤本は悠然とキスの濃度を上げていく。

思いの丈をぶつけるような、熱く激しい口づけだった。十六歳の頃からよく知っている男なのに、こんな藤本は知らない。見たことがない。

全力で抵抗できないのは、多分、罪悪感のせいだ。散々、藤本を苦しめてきたという思いが邪魔をして、本気の拒絶ができないでいる。

しかし、そんなことより何よりも沢渡を一番に揺さぶっているのは、藤本にキスされて嫌悪を感じていないという現実だった。自分には槙野という恋人がいるのに、他の男にキスされて気持ち悪いと感じていない。望んでしているわけではないが、相手を殴ってでもやめさせたいとまでは思っていない。そんな自分に混乱し、戸惑っている。

だが、このまま続けるわけにはいかない。沢渡は必死で理性をかき集め、藤本の胸を強く押しやった。

ふたりの唇が離れ、やっと息がつける。濡《ぬ》れた唇を手の甲で押さえ、藤本をにらんだ。

「やめろよ。俺は今、槙野とつき合っているんだ」

「俺より知り合ったばかりのあいつのほうが大事なのか？」

そんな質問の仕方はずるい。沢渡は「親友と恋人は比べられない」と答えた。

「だったら俺のことも、恋愛対象として見てくれ」

限りなく真剣な眼差しだった。藤本は本気でふたりの関係を変えようとしている。親友ではなく、沢渡を恋人として欲している。

「今すぐ答えなくていい。でも真面目に考えておいてほしい。また連絡するよ」

藤本は椅子《いす》の背にかけていた上着を取り、呆然としている沢渡の肩を叩いた。

「料理、うまかったよ。ご馳走さん」

玄関のドアが閉まる音が聞こえてから、沢渡は崩れるように椅子に腰を下ろした。

まだ信じられない。藤本がずっと自分を好きだったなんて。

藤本を恋愛の対象として見る。そんなことができるのだろうか。でも、もしできたら？　できたらどうなるんだ？

そこまで考えて、思わず頭を振った。

できたとしても関係ない。今の自分には槙野がいるんだから。

5

玉木麻衣子《たまきまいこ》と向井俊《むかいしゅん》に怪我を負わせて逃走中の沼田裕一《ぬまたゆういち》は、いっこうに自宅に戻ってくる気配はなかった。張り込みは応援の刑事に任せて、今日は沼田が頼りそうな友人たちを訪ねて回るつもりで、出かける支度を済ませた時だった。

「沢渡。ちょっといいかー」

宇崎《うざき》に間延びした声で呼ばれた。ほとんどの刑事が捜査本部に駆り出されているので、刑事課のフロアはひとけがなくて静かだ。

「なんでしょうか、課長」

デスクの前に立って言葉を待つ。宇崎は「うん」と言ったきり、眠そうな顔で携帯を弄《いじ》っている。だが本当に眠いのかどうかわからない。瞼《まぶた》が半分ほど下がっているのは、もともとの顔なのだ。

「お前、槙野管理官と知り合いなの？」

「……どうしてですか？」

宇崎は携帯をデスクの上に放り出して、呆れ顔で「あのさー」と沢渡を見上げた。

「質問に質問を返さないでくれよ。いいから答えろ。知り合いなのか？」

「はい。以前いた所轄署に槙野管理官が仕事で来られて、それで知り合いました」

個人的なつき合いがあることまでは、当然言わない。自分で聞いておいて、宇崎は興味なさげに「ふうん」と頷き、首を回した。

「捜査本部に来るように言われたのに、断ったんだって？　管理官さま直々のスカウトなのに、お前ってアホなの？」

いきなりアホ呼ばわりされて面食らった。もちろん態度には出さなかったが。

「小塚に言ったんだって？　刺傷事件に集中したいから、捜査本部には参加したくない。課長にも頼んでほしいって」

「……」

「それからなんだっけ。赴任して初めての事件だから？　なんとしても解決したい？　ったく、お前、いくつだよ。刑事になりたての青二才みたいなこと言ってんじゃないよ。でもまあいいや。俺はそういうの嫌いじゃないしな。今から聞き込みか？　せいぜい頑張れよ。はい、話は終わり」

沢渡は一礼して自分のデスクに戻った。小塚の姑息《こそく》さには呆れた。沢渡が融通の利かない使えない奴だという印象を課長に植えつけたくて嘘をついたのだろう。しかし残念ながら逆効果だったようだ。

外に出ると春らしい陽気だった。駐車場には本庁の捜査車両と思《おぼ》しき車が数台並んでいる。槙野も来ているだろうかと考えたら、連鎖的に藤本の顔や昨夜の出来事が脳裏に蘇ってきた。藤本のキスの感触がまだ唇に残っている。

いまだに信じられない気持ちでいっぱいだった。藤本にずっと片思いされていたとは思いもしなかった。むしろ沢渡のほうが、片思いに近い感情を抱いていると思っていた。もちろん恋愛感情ではなかったが、藤本が他の友人と親しくしていたり、彼女とふたりで去っていく姿などを見た時、嫉妬のような気持ちを湧かせたこともある。くだらない独占欲だと自覚していたから、絶対に藤本には気づかれないよう振る舞ったが、そういうことは過去に幾度もあった。

背広のポケットで携帯が鳴った。メールの着信音だ。期待してチェックしたが、待っていた相手からではなかった。今朝、槙野に会って話がしたいという内容のメールを送ったのだが、返事はまだない。

このところ槙野の様子が変だったのは、藤本のせいだろうか？　それにしても槙野はなぜふたりの関係を、藤本にばらしてしまったのだろう？

考えるほど悶々《もんもん》としてくる。だが今は仕事中だ。自分の悩みにかまけている場合ではない。

捜査に集中しなければ。

沢渡は携帯をポケットに戻し、再び歩き始めた。


聞き込みは空振りに終わった。沼田の友人たちは一様に沼田から連絡はないと言い、逃走している友人の身を案じていた。面倒見がよく性格も温厚だったようで、沼田を悪く言う者はひとりもいなかった。

夕方、沢渡はいったん署に戻ってきた。玄関に入った直後に携帯が鳴った。

「槙野です。今、時間はありますか？　あるなら屋上に来て下さい。待ってます」

え、と思った時にはもう電話は切れていた。どうして屋上なんかにいるのだろうと思いながらエレベーターに乗り込む。

屋上のドアを開けて外に出たら、手摺《てす》りに腕を載せた槙野の後ろ姿が見えた。

「槙野」

名前を呼ぶと槙野は振り返った。手に火のついた煙草を持っている。

「呼び出してすみません。景色を眺めていたら、沢渡さんの姿が見えたんです」

「お前、煙草吸わなかったよな?」

槙野は「ええ。吸いません」と答え、手に持っていた空き缶らしき缶コーヒーに吸いさしを入れた。

「なんとなく吸ってみたくなって買ったんですけど、普段吸わない人間には不味いだけでした。よかったら差し上げます」

槙野がポケットから出してきたのはマルボロだった。沢渡がいつも吸っている銘柄だ。受け取って槙野の隣に並んで立った。西の空が茜色《あかねいろ》に染まり始めている。

「……どうして藤本に、俺たちの関係を話したんだ?」

「進んで話したわけではありません。つまらないミスがきっかけで藤本さんにばれたんです。本当に馬鹿ですよ、私は。あなた宛てのメールを、間違って藤本さんに送ってしまったんです。甘い文面でしたから、藤本さんはすぐ私たちの関係に気づきました」

甘い文面——。どんな内容だったのか気になったが、怖くて聞けなかった。

「藤本さんに呼び出されて、いつから沢渡さんとつき合っているのか問い質《ただ》されました。証拠を握られているので誤魔化せなかった。藤本さんに散々、罵倒《ばとう》されましたよ」

「罵倒?」

「ええ。お前は最低の人間だ、この裏切り者ってね」

意味がわからず「なぜ？」と尋ねた。槙野は風で乱れた前髪をかき上げながら、「私が悪いんです」と呟いた。

「藤本さんとは最初からうまが合って、人事一課にいた頃は頻繁に飲んでいました。藤本さんは私のことを信用して、沢渡さんへの気持ちを打ち明けてくれたんです。特に酔うとあなたのどういうところが好きか、どういう部分に惹かれたのか、切々と語ってくれたものです。私は藤本さんの長年の気持ちを知りつつ、本物の沢渡さんと出会って惹かれたんです。そして恋人のポジションを手に入れた。これはひどい裏切り行為ですよね」

槙野は藤本の気持ちを知っていた。だから藤本はあんなにも悔しがったのだ。

「でも言い訳をするなら、私が冨美乃署に行く前、藤本さんは確かに言ったんです。沢渡のことはもう諦めた。あいつとはずっと友達のままでいると。……もちろん、だからといって私のしたことは許される行為ではありませんが」

槙野は槙野なりに苦しんでいる。藤本に対する罪悪感に苛まれている。

「……昨夜、藤本さんに告白されたんでしょう？」

低い声で聞かれた。ひどく暗い目をしている。淀《よど》んだ目だ。まるでいつもと違う。

「藤本に聞いたのか？」

「ええ。聞いたのは先週ですけどね。私の裏切りを知った藤本さんは、お前に奪われるくらいなら俺も告白すると言いました。日曜日に会うから、その時に気持ちを伝える。沢渡の答えが出るまで、沢渡に手を出すなとも命令されました」

それを聞いて唖然《あぜん》とした。いくら上司でも、プライベートな部分にまで命令を出すのはおかしい。

「そんな命令を、お前は承諾したのか？」

「嫌とは言えませんでした。あの人の悔しい気持ちが、わかりすぎるほどわかるから」

——私のことが好きですか？

あの電話。あの時の槙野の様子が変だったのは、これが原因だったのだ。藤本に責められ、理不尽な命令を下され、でもそのことを沢渡には言えず、ひとりで悩んでいたに違いない。

「お前が藤本に罪悪感を持つのはわかる。でも俺のことが本気で好きなら、藤本がどう言おうが関係ないだろ」

「でも沢渡さんだって揺れてるんでしょ？」

すかさず聞き返され言葉に詰まった。槙野と別れて藤本とつき合うという選択肢はない。だが藤本の気持ちに不快感を持っていないのは確かなことで、それを揺れていると指摘されれば、確かにそのとおりかもしれなかった。

「ねえ、沢渡さん。もし無人島に流されて一生そこから出られないとしたら、一緒に流される相手は、私と藤本さんのどちらを選びます？」

「え……」

いきなり突拍子もない質問を投げかけられ戸惑った。なぜ無人島なんだ、と思いつつも、答えを出すべく考えた。

無人島で生きていくためには、力を合わせて危機や苦難を乗り越えていかなければならない。そう思えば、藤本ほど頼れる男はいない。長いつき合いでお互いの性分もわかっているし、サバイバルな環境下では、あの男以上のパートナーは思いつかない。申し訳ないが槙野のことは好きでも、まだそこまで理解できていない。

黙っている沢渡に、その答えを悟ったのだろう。槙野は苦笑を浮かべた。

「正直な人だ。そこは嘘でもいいから、恋人の私だと言ってくださいよ。……でも私はそんな真面目なあなたが好きです」

切ない目を向けられ、自分がひどい人間に思えてきた。

「質問の仕方が悪いんだよ。無人島で生き残るために必要とする相手と、恋愛の相手はイコールじゃないだろう」

「そうですね。私の質問が変でした。すみません。だけど私は藤本さんの気持ちも、沢渡さんの気持ちも知っています」

どこか含みのある言い方だった。

「俺の気持ちってなんだよ」

「沢渡さんにとっても藤本さんは大切な存在ですよね。私には沢渡さんの気持ちが、友情以上のものに思えるんです。藤本さんの話をする時のあなたの顔や声、まるで恋人のことを語っているみたいなんです。ご自分で気づいていましたか?」

その指摘にショックを受けて、言い返す言葉が見つからなかった。

「そんなことは……」

「本当はふたりは相思相愛なんじゃないかって思ったら、私のほうが邪魔者みたいに思えてきました。実際、おふたりの間に割り込んだのは私ですよね。私がいるからという理由で拒絶するのではなく、沢渡さんと藤本さんの問題としてじっくり考えてください。私に悪いからとか、そういうことはいっさい考えないでいただきたい。同情で私を選んでほしくないんです」

槙野は言い終えると歩きだした。背後でドアの開閉音がして、沢渡はひとりきりになった。いつの間にか夕日が落ち、辺りはもう薄暗い。

槙野からもらった煙草を一本咥《くわ》え、ジッポで火をつけた。薄闇の中に浮かぶ煙草の火を眺めながら、沢渡は深く長い溜め息をついた。

玉木麻衣子の病室を訪れると、向井だけがいた。麻衣子は検査でしばらく戻らないらしい。出直すかどうか迷ったが向井にもいくつか聞きたいことがあったので、勧められるまま椅子に腰を下ろした。

「沼田、まだ見つかりませんか?」

「ええ。残念ながら。沼田さんはご友人に好かれていたんですね。誰も彼を悪く言わない」

向井は口もとをゆるめて頷いた。

「はい。明るくて気さくな性格で、いつも人のことばかり気にかけているような奴でした。優しい男で、俺も何度も親切にしてもらいました。……なのに俺はあいつから麻衣ちゃんを奪ってしまった。友達の彼女を好きになってしまった俺が、一番悪いんです。刑事さんもそう思いますよね?」

向井の思い詰めた顔を見ながら、俺に聞かないでくれと思った。タイムリーすぎる。こっちだって今まさに、友情と恋が複雑に絡み合った面倒な問題に直面しているのだ。

「自分ばかり責めるのは、よしたほうがいい。友達の彼女を好きになった君が悪いというなら、彼氏の友達に乗り換えた麻衣子さんだって悪いし、心変わりした恋人を刺した沼田も悪い」

事件を起こさなければ、本当なら沼田は一番に同情される立場だったのに、今では犯罪者となって逃げている。誰が一番悪いのかなんてわからないと思った。

「でも沼田が犯罪者になった原因は俺にあるんです」

よほど罪悪感が強いのだろう。気持ちはわかるが、自分を責めてもいいことはひとつもない。

「起きてしまったことは、もう仕方がないだろう。君は君で苦しんだはずだ。今は麻衣子さんを支えてあげることだけを考えなさい」

向井は「はい」と頷き、うなだれた。同じようなことで悩んでいるくせに、えらそうなことを言ってる自分が滑稽だった。

向井は真面目な性格の男だ。友情と恋の狭間で悩みに悩んだのだろう。そして恋が勝った。友達の恋人を好きになってしまうなんて世間ではよくある話だが、当事者たちにとってはよくある話で済ませられない出来事だ。信じていた相手に裏切られるほうも辛いし、友人や恋人を裏切るほうも辛い。

恋が友情を壊す。恋は人を容易にエゴイストに変えてしまう。

友達の恋人を奪った罪に苦しむ若い男の横顔を見ながら、沢渡は胸の中で呟いた。

――恋ってなんだか面倒くせぇ。

藤本に呼び出されて向かった先は、夜景が見えるホテルのバーだった。地上三十三階から眺める東京《とうきょう》の街並みは、きらびやかで美しかった。見慣れたオレンジに光る東京タワーも、洒《しゃ》落《れ》た店の中からだと、どこかよそゆき顔に見える。

身体がやけに沈み込むソファー席に座り、沢渡は落ち着かない気分を味わっていた。藤本はリラックスした態度で、ウエイターに酒を注文している。ふたりきりになってから尋ねた。

「なんでホテルのバーなんだよ」

「なんとなく。たまには気分が変わっていいもんだろ?」

よくない。ここは男ふたりで来るような店じゃない。いつもは居酒屋なのに、どうして今日に限って、と考えて、そうかと気づいた。藤本にとって今夜は友人と飲む夜ではなく、長年、想い続けてきた相手との初デートの夜なのだ。

友達ではなく、恋愛の対象として扱われている。そう思えば納得のいく店の選択だが、無性に気恥ずかしい。

「この前は悪かったな。酔って告白するなんて最低だ。反省している」

一瞬、続けてなかったことにしてくれと言われるのではないかと思ったが、無駄な期待に終わった。

「でもお前に言ったことは全部本当だ。訂正する部分はまったくない。お前に嫌われるのが怖くて、ずっと言えなかっただけだ。……あれから少しは考えてくれたか？」

縋《すが》るような目で見られて息苦しくなる。沢渡は「考えたよ」と答えた。

「頭が痛くなるくらい、ずっと考えた。でも無理だ。お前がどうこうじゃなく、今の俺には槙野がいる。俺は槙野が好きだから、あいつを裏切れない」

「俺のほうが先に告白していたら、俺とつき合ってくれたのか？」

そう聞かれても沢渡にはわからない。槙野とのことがなければ、男とつき合うなんて無理だと思って拒否したかもしれない。でももしかしたら、受け入れていたかもしれない。

沢渡が黙っていると、藤本がテーブルの上にカードキーを置いた。

「部屋を取ってる。沢渡、頼むよ。俺に一度だけチャンスをくれないか」

「チャンス……？」

「俺に触れられて、お前が少しでも嫌だと感じたなら諦める」

カードキーを見つめながら、いくらなんでも無理だと思った。藤本の頼みでも、それは聞けない。

「キスした時、お前、本気で嫌がってなかったよな。俺に同情してくれたのかもしれないけど、少なくとも嫌悪は感じていなかった。違うか？」

痛いところを突かれた。でもキスとそれ以上の行為では意味が違う。

「友達だった俺を、いきなりそういう目で見るのは難しいと思う。でも一度でも肌を合わせれば、俺たちの関係は劇的に変わるような気がするんだ」

「できない。そんなことをしたら槙野を裏切ることになる」

「このことは槙野も了承済みだ」

「え……？」

にわかには信じられない言葉だった。藤本が追い打ちをかけるように続ける。

「すべて、お前の意志に任せると言ってた」

頭を強く殴られたような強いショックを受けた。槙野は一体どういうつもりなのだろう。自分の恋人が他の男に抱かれてもいいというのか。

『私がいるからという理由で拒絶するのではなく、沢渡さんと藤本さんの問題としてじっくり考えてください』

屋上で言われた言葉を思い出した。槙野はプライドの高い男だ。抜け駆けしたことを藤本に責められ、だったら公平な条件で勝負すればいいと思ったのかもしれない。そして沢渡に対してはどちらとも平等に寝てみて、そのうえで答えを出せばいいと考えているのではないか。

猛烈に腹が立ってきた。同情で選ばれたくないと言ったが、それは裏を返せば沢渡より自分のプライドのほうが大事だということに他ならない。本気で好きなら格好悪くても、自分を選んでくれと縋りつくくらいの必死な姿をさらせばいいのに、あの高慢な男にそんな真似は死んでもできないのだ。

この状況は沢渡にとって、いわば売られた喧嘩《けんか》だった。もちろん喧嘩を売ったのは藤本ではなく槙野だ。槙野がそれでいいなら、そうしてやると決意した。

「わかった。部屋に行くよ」

半ばやけくそ気味に答えた。しばらくしてふたりはバーを出て部屋に向かった。部屋はコーナーツインだった。ふたつのベッドを見て、意味もなくホッとしている自分が可笑しくなった。ツインだろうがダブルだろうが、これからすることは一緒だというのに。

交代でシャワーを浴びた。先にシャワーを済ませた沢渡は、バスローブ姿で窓辺に立って夜景を眺めた。本当にこれでよかったのだろうかという思いが、今さらながらに湧いてくる。

藤本とセックスする。できないことはないと思う。キスされて嫌悪感はなかったし、それにあまり認めたくはないが、自分はどうも快楽に流されやすい傾向がある。そのことは槙野との体験を通して自覚している。だから一度行為が始まってしまえば、途中で拒絶するのは難しいだろう。

けれど一番の問題はセックスするかどうかより、セックスをしたあとだ。セックスしたら、藤本を恋愛の相手として見られるようになるのだろうか。もしそうなったら、槙野ではなく藤本を選ぶことになるのだろうか。

一度関係を持てば、藤本は今より自信を持って口説いてくる。逆に槙野はあの調子では、沢渡の選択に黙って従いそうだ。つまり、すべては沢渡次第ということになる。

選択権は自分にあるというのに、何も嬉しくなかった。どちらを選んでも悪者になるのは自分だ。損な役回りすぎる。

藤本が浴室から出てきた。目が合った途端、部屋の温度が二、三度上昇したように感じられた。これから友人だった男に抱かれるのだと思ったら、急に喉が渇いてきて冷たい水が飲みたくなった。

冷蔵庫を開けてペットボトルを取り出す。キャップを開けて三分の一ほど飲んだ時、後ろから藤本に抱き締められた。

「沢渡……」

鼓動が跳ね上がる。優しく身体を回され、正面からキスされた。あの夜のような激しいキスではなく、こちらの心の中を探ってくるような慎重なキスだった。

ソフトな舌使いがやけに恥ずかしい。甘く優しいキスを受け止めながら、不思議な感覚を味わっていた。十代の頃から親しくつき合ってきた友達なのに知らなかった。こんなキスをする男だったのか。

藤本の知らない部分を知った喜び。同時に知らなくていいことを知った寂しさ。それらが胸の中で入り交じって、泣きたいような気分になる。

キスから逃げるように顔を背けると、藤本は悲しそうな表情を浮かべた。

「沢渡、頼む。俺を受け入れてくれ」

ベッドに押し倒された。やっぱりこんなことは駄目だと思ったが、長い間、藤本を苦しめてきたのだという罪の意識と、これ以上、辛い思いをさせたくないという気持ちが相まって、沢渡から抵抗する力を奪ってしまう。

心の底では一度くらい求めに応じてやりたいという想いがあるのも事実だった。だがそんな同情めいた気持ちで抱かれてもいいのだろうか。それが藤本の気持ちに応えるということになるのだろうか。こんな状況になっても迷いが尽きない。

熱い手が太股《ふともも》を割ってくる。そこを触られて興奮してしまえば、後戻りはできない。藤本の腕を曖昧《あいまい》に摑みながら、この手を本気で引き剝《は》がすか、それとも藤本の好きなようにさせるか迷った時だった。

ベッドサイドのテーブルに置いてあった携帯が鳴った。ふたりしてハッと顔を見合わせる。

鳴ったのは沢渡の携帯だ。警察官は緊急招集がかかれば、即、駆けつけなければいけない。署からの連絡かどうか確かめる必要があるので、沢渡は身体を起こした。

腕を伸ばしたが藤本に横取りされた。藤本は鳴り続ける携帯を冷ややかに見つめて言った。

「槙野からだ」

藤本は険しい顔で呼び出しを拒否し、携帯を元の場所に戻した。だがまたすぐに携帯が鳴りだし、今度は電源を切ってしまった。苛《いら》つく気持ちはわかるが、人の携帯を勝手に切る行為は許せない。

沢渡は携帯を摑んで電源を入れようとした。しかし藤本がそうはさせまいとして、携帯を奪いにかかる。どうにか電源は入れられたが、ベッドの上で小競り合いになった。

「沢渡、携帯を貸せ」

「嫌だ。俺の携帯だぞ」

「槙野に邪魔されたくないんだよ。頼む」

また携帯が鳴った。藤本が懇願するように「拒否してくれ」と頼んでくる。あまりに真剣なので嫌とは言えず、通話を拒否した。だが静かになったのは一瞬で、またかかってくる。

何度も電話をかけてくる槙野の姿を想像したら、耐え難いほどに胸が苦しくなってきた。

やっぱり駄目だと思った。槙野がいいと言っても、こんなことは駄目だ。ふたりを比べたら、どうしたって藤本に軍配が上がる。ずっと好きだった相手だし、心を割って話せる唯一の友達だし、ふたりの間には歴史もある。友情が壊れたと思った時は辛かった。死ぬほど後悔した。だからまた友達に戻れて最高に嬉しかった。

槙野とはまだつき合いが浅く、理解しきれていない部分も多い。恋愛感情はあるが、好きという気持ちさえあれば、他はどうでもいいというほどの盲目的な気持ちにはなれそうにない。

でも自分は槙野の気持ちを受け入れた。信じようと決めたはずだ。ふたりの存在や自分にとっての必要性を比べて、どちらかを選ぶような真似をしてはいけない。たとえ藤本を失うことになっても、傷つけることになっても、自分にとって必要なのは、友達としてのお前なんだとはっきり言うべきだった。

「すまない、藤本。俺、帰るよ。本当に申し訳ない……っ」

ベッドを下りようとしたが、ものすごい力で引きずり戻された。沢渡を押し倒し、その上に馬乗りになった藤本は、血走った目で「駄目だっ」と叫んだ。

「ここまで来て逃げるなんて許さないっ。お前は俺のものだ！　槙野なんかに渡すものかっ」

鬼のような形相だった。完全に頭に血が上っている。こんな我を忘れた藤本は初めて見た。

「藤本、落ち着け。話し合おう」

「うるさいっ。槙野のところには行かせないからなっ。絶対に、絶対に行かせない……！」

噛《か》みつくようなキスが落ちてきた。同時に荒々しい手つきで、股間をまさぐられる。柔らかな性器を痛いほどの力で握られ、沢渡は苦痛に呻《うめ》いた。

「やめろ、藤本。やめてくれ……っ」

「どうしてわかってくれない？　お前が好きなんだ。ずっとずっと好きだったんだ。俺を受け入れてくれ」

上擦った声でぶつぶつ言いながら迫ってくる藤本は、完全に理性を失っていた。火事場の馬鹿力ではないが、暴れる沢渡の身体を押さえ込む力は凄《すさ》まじかった。身体を裏返され、ガウンの裾《すそ》を捲《まく》られた。剝き出しになった尻に、硬いものが押し当てられる。

ギョッとした。変な話だが怖いというより、まだ槙野にも許していないのに、という憤りが先立ち、何がなんでも阻止しなくてはと思った。

「やめろ！　やめるんだ、藤本っ。くそ……っ」

じたばた暴れてもびくともしない重さに、体格の差を思い知らされ悔しくなる。どうにかして逃げようと足掻《あが》きながら、悔し紛れに「馬鹿野郎っ」と叫んだ時だった。

急に身体が軽くなった。え、と思い振り返ったら、藤本を突き飛ばす槙野の姿が見えた。藤本の身体が床に転がっていく。

スーツ姿の槙野が、肩で激しく息をしながら藤本をにらみつけている。額には玉のような汗まで浮かんでいた。一体どうやって部屋に入ってきたんだ？

「槙野……。お前、何しにきたんだ。帰れよ。これはお前も承諾したことだろう」

立ち上がった藤本も、怒りをあらわにして槙野をにらみ返した。

「帰りません。私は沢渡さんの自由意志を尊重すると言ったんです。沢渡さんは明らかに嫌がっていたじゃないですか。私には無理矢理ことに及ぼうとしているように見えましたが、どうなんですか？」

鋭く糾問《きゅうもん》され、藤本の態度が変化した。

「あ、あれはそんなんじゃない。お前がしつこく電話をかけてくるから、沢渡が迷いだして、それで俺も少し強引になっただけで……」

「少し？　あれのどこが少しなんですか。暴れる沢渡さんを、思い切り押さえつけていましたよ。私が止めに入っていなければ、あなたは沢渡さんをレイプしていたんです」

槙野は容赦ない口調で厳しく責めた。藤本の顔が青ざめていく。

「レイプだなんて、そんなつもりじゃなかった。……沢渡、すまない」

沢渡は乱れたバスローブを直しながら、「もういいよ」と言い返した。誘いに応じておいて、途中で気が変わった自分も悪い。藤本だけを責めるのは酷だ。

「藤本さん」

槙野が藤本の名前を呼んだ。まだ藤本を責めるつもりなのかと思ったら、槙野は思いがけない行動に出た。やにわにその場に跪《ひざまず》いたのだ。

「藤本さん。お願いがあります。沢渡さんのことは諦めてください！　このとおりですっ」

槙野はそう言うと、床に額を擦りつけんばかりに深く頭を下げた。

「……お前、よくそんなことが言えるな。俺の気持ちを誰よりも一番よく知っていたくせに、お前は沢渡に手を出したんだ。俺がずっと好きだった相手を横取りしたんだ。最低の裏切り行為をしておいて、俺に沢渡を諦めろって言うのか？」

「藤本さんの信頼を裏切ったことは、心から謝ります。でも私も沢渡さんのことを、真剣に好きになってしまったんです。どうしても気持ちを抑えきれなかった。沢渡さんが藤本さんの恋人なら、絶対に手を出しませんでした。でもそうじゃなかった。私は確かにあなたの好きだった人を奪ったかもしれない。ですが恋人を奪ったわけじゃない。私が好きになった時、沢渡さんは誰のものでもなかったんです」

藤本を見上げる槙野の眼差しには、一歩も引かないという強い覚悟が浮かんでいた。

「そんなのは詭弁《きべん》だ。俺を裏切ったことに変わりはない」

「だからこうして謝っているじゃないですか。どうすれば許してもらえるんですか？」

「沢渡と別れろ。今ここで別れろ。そしたら許してやる」

「それはできません。そんなことをするくらいなら、あなたに一生許されなくてもいい」

「なんだとっ？」

――なんなんだ、これは。言い争うふたりを見ていたら、段々と腹が立ってきた。

「大体な。お前に沢渡を幸せにできるはずがない。お前はプライドばかり高くて、誰かのために自分を犠牲にすることなんかできないだろう？　大事なのはいつだって自分なんだ」

「確かに私はプライドが高いですよ。その私がこうやって土下座しているんですから、少しは気持ちを汲《く》んでください」

「……お前ら、やめろ」

「そんなもん汲めるか。土下座なんて誰だってできる。俺が言ってるのはそういうことじゃなくて、もっと深い意味での話だ」

「抽象的な言い方はやめてください。深い意味ってなんですか？」

「それはだな――」

「お前ら、いい加減にしろっ！」

沢渡の突然の怒声に、ふたりはビクッと肩を震わせた。

「どうしたんだ、沢渡……？」

「どうしたんですか、沢渡さん？」

驚いた顔でふたり同時に問いかけてくる。沢渡はベッドを下りて藤本に近づくと、拳を握って頬を殴り飛ばした。

「が……っ」

藤本は顔をゆがめて手で顔を押さえた。沢渡は次に槙野のネクタイを摑んで立ち上がらせ、同じように殴った。吹き飛んだ眼鏡が絨《じゅう》毯《たん》の上に落ちる。槙野はびっくりした顔で後ろによろめき、壁に背中をぶつけた。

ぽかんとしているふたりを交互ににらみつけ、沢渡は「アホか」と吐き捨てた。

「お前らが向き合う相手は俺じゃないのか？　俺の気持ちとは関係のない場所で勝手に俺を取り合って、子供みたいに喧嘩してんじゃねぇよ。俺はモノじゃないんだ。誰とつき合うかは俺が決める。……槙野」

「は、はいっ」

槙野が身体を起こし、直立不動の姿勢を取った。

「お前の罪悪感なんて知ったこっちゃない。本気で俺に惚れてるなら、他の男に譲るような真似すんな。すげぇむかついた。……藤本」

名前を呼んで顔を向けると、藤本は緊張した表情で見つめ返してきた。

「上司風吹かせて、槙野にあれこれ命令するなんて卑怯《ひきょう》だぞ。恋愛に順番なんて関係ない。先に好きになったほうに、優先権があるなんてこともないはずだ」

　藤本は傷ついた顔で呟いた。

「やっぱり槙野のほうが好きなのか？」

「単純に好きの分量で言ったら、お前のほうが上だと思う。だからお前に先に告白されていたら、つき合っていたかもしれない。でもお前はそうしなかった」

　藤本は強く頭を振り、「俺だってしたかったよ」と言い返した。

「だけど友達だから必死で我慢したんだ」

「でも槙野と俺がつき合っているのを知って、我慢できなくなった。槙野がいけたから俺もって、そんなのずるいだろ」

　これ以上、自分を正当化してほしくなくて、あえて厳しい言葉を使った。藤本は今、自分を見失っている。本当はこんな男ではない。もっと強い男だ。

「そんなんじゃない。そんなんじゃないんだ。……俺はただお前が好きで、だから。槙野がいなければ、槙野さえいなかったら、お前は俺のものになってくれたかもしれないってっ」

　悔しそうに言い募る姿はあまりにも藤本らしくなくて、もう見ていられなかった。

「……やめろよ、藤本。もう聞きたくない。槙野はいるんだよ。ここにいる。いなかったらなんて、二度と言うな。お前、槙野に言ったんだってな。沢渡のことはもう諦めた、ずっと友達のままでいるって。だったら裏切られたとか横取りされたとか情けないこと言ってないで、最後まで友情を貫けよ。俺はお前にそうしてほしかった……っ」

藤本は呆然とした表情で沢渡を見ていた。残酷なことを言っているのはわかっている。でも中途半端に優しくして、これ以上、期待させたくない。今回のことは沢渡も悪い。優柔不断な態度を取ってしまったから、事態をよりややこしくしてしまったのだ。

藤本は何も言わなかった。ただ肩を落とし、悲しそうに沢渡を見つめていた。

宿泊代は支払い済みだから、泊まるなり帰るなり好きにしてくれとふたりに言い残し、藤本は帰っていった。

6

「ほら、タオル。当てておけ」

水で濡らしたハンドタオルを差し出すと、ベッドに腰かけた槙野は「恐縮です」と頭を下げて受け取り、赤くなった頬にタオルを押し当てた。妙にしゃちほこばった態度で調子が狂う。

「ったく、また土下座かよ。馬鹿のひとつ覚えみたいに」

辛辣《しんらつ》な言葉が口を突いて出てしまう。槙野はしょんぼりした様子で「すみません」と謝った。

「部屋にどうやって入ったんだ？　それにこの部屋に俺たちがいるって、なぜわかった？」

槙野はうなだれながら事情を話し始めた。昨夜、藤本が電話をかけてきて、明日、沢渡をホテルのバーへ誘い、沢渡が同意すればそのまま部屋に泊まると言ってきたらしい。槙野は沢渡がそれを望むのなら仕方がないと思ったが、どうしても気になり、ホテルに様子を見に来た。

「何？　お前、バーにいたのか？」

「はい。離れた席からふたりを見張っていました。すみません。……ふたりが店を出て部屋に向かった時は、目の前が真っ暗になりました。私は打ちひしがれて、一度はホテルを出ました。でもやっぱり嫌で、沢渡さんが他の男に抱かれるなんて絶対に嫌で、引き返しました。フロントスタッフに警察手帳を見せて、こう頼んだんです。藤本という知人がここに泊まっているが、自殺をほのめかす電話をかけてきた。心配だから部屋に行って様子が見たいので、キーを貸してくれ、と」

呆れて開いた口がふさがらなかった。警察手帳を私用に使うなんてどうかしている。ばれたら出世どころの話ではない。

「お前、何考えてるんだよ。そんなのばれたらクビだぞ」

「わかっています。わかっていますが、いてもたってもいられなかったんです」

その必死さを最初の段階で見せてくれていたら、と思ったが、槙野も槙野なりに悩んで苦しんだのだ。沢渡は床に落ちたままになっていた眼鏡を拾い上げ、槙野の顔にかけてやった。

「殴って悪かったな」

謝って槙野の頭を撫でた。槙野は今にも泣きそうな顔で沢渡の腰を抱き締め、「譲ったりしませんせん」と訴えた。

「藤本さんに譲るとか、そんなつもりじゃなかった。私はただ、沢渡さんが決めることに従いたかったんです。沢渡さんには自由な意志で考えてもらって、そのうえで私を選んでほしかった……」

槙野の頭を撫でながら、揺れた自分が一番悪いのだと思った。槙野の態度がどうとか、そういうことではなく、自分がしっかりしていればよかったのだ。

それに槙野が一番不安だったことにも気づいた。いつも強引な男が一歩下がって待っていたのだ。どれだけ辛かっただろう。そう思うと槙野もまた自分と同じ不器用な男なのだと思え、もっと好きになった。

「すまなかった。お前を選んだのにふらふらした俺が悪い。俺も殴ってくれ」

その場に跪いて目を閉じた。だが沢渡を襲ったのは拳の衝撃ではなく、柔らかな感触だった。パンチの代わりにキスされた。

「槙野……」

「いいんです。私と沢渡さんには、まだ積みあげてきたものがない。だからふらついて当然です。今の段階では、私は藤本さんに全然敵《かな》いません。でも、これからもっと好きにさせます。私以外の男のことなんて、まったく考えられないようにしてみせます」

やっといつもの自信を取り戻した槙野が愛おしくて、自分から抱きついた。槙野は当然のように沢渡をベッドに押し倒し、激しくキスしてきた。

仲直りしてしまえば、あとはもう槙野のペースだった。バスローブの前を開かれ、裸の胸を淫《みだ》らに愛される。すぐ息が上がり、股間も熱くなってきた。

槙野はスーツ姿なのに、自分だけ全裸同然の格好なのが恥ずかしくてたまらない。だから愛撫されながら槙野のネクタイをゆるめ、ワイシャツのボタンを外した。愛撫し合いながら槙野の衣類を、一枚一枚剝がしていく。

アンダーシャツを脱がせた時、眼鏡がずれた。槙野は眼鏡を乱暴に摑んで床に投げ捨てた。余裕がないのだと思ったら、沢渡まで余裕がなくなった。

「脱いでくれ、全部。すぐに」

槙野は最後に残っていたスラックスと下着を手早く脱ぎ捨てた。やっと素肌で抱き合える。ぴったりと裸の胸を重ね合わせた時、沢渡の唇から震えるような吐息が漏れた。この温もりを心から愛おしいと思った。

腿《もも》に槙野の滾《たぎ》った雄が当たっている。摑んで軽く扱くと、指先が温かく湿った。唐突に舐めたいと思った。その行為はまだしたことがない。

沢渡は槙野を仰向《あおむ》けにさせて、胸から腰へと肌を愛撫した。沢渡の意図を察したのか、槙野が「いいんですよ」と首を振る。

「無理しないでください」

「無理じゃない。したいんだ。すごくしたい……」

槙野のたくましい雄が目の前にある。我慢できず、竿の部分に唇を押し当ててキスした。槙野の腰がビクッと揺れる。今度は口を大きく開けて、先端を口に含んだ。初めて味わう亀頭の感触に驚いた。なんてなめらかで心地いい舌触りなんだろう。

もっと味わいたくて、舌先で舐めまくる。小さな割れ目から湧き出てくる先走りの雫も舐め取った。しょっぱい味がした。まったく嫌悪感がないのに自分でも驚いた。いくらでも舐めてやりたいと思う。槙野の全部を呑み込んで、気持ちよくさせてやりたい。

沢渡の熱心なフェラチオに槙野は何度も呻いた。その声にまたそそられる。

「沢渡さん、上手すぎます。本当は経験あるんじゃないですか？」

沢渡がそんな憎まれ口を叩いてくる。腹が立ったので、軽く歯を立ててやった。

「うっ。嚙まないでくださいよ。沢渡さんって、もしかしてSですか？」

「そうかもな。もっと苛《いじ》めてやろうか？」

槙野は「嫌です」と答え、攻守交代だというように沢渡をベッドに押し倒した。

「ここからは私が苛めてあげます。……いいものを見つけました」

そう言って見せてきたのは、小さなローションのボトルとコンドームだった。

「見つけた？」

「はい。枕の下にあったんです。藤本さんが用意したものでしょうね。抜かりのない人だ」

うわ、まじか、藤本、と思った。槙野はローションの蓋を開けながら、「せっかくなので、使わせてもらいましょう」と笑みを浮かべた。

「今夜は指だけでは我慢できそうにありません。いいですよね？」

いいに決まってる。沢渡は自分から俯《うつぶ》せになり、槙野を誘った。ローションにまみれた指が、そこを探ってくる。ヌルヌルと割れ目を辿る指先に、腰が甘く震えた。

長い指が一本。やがて二本。最後は三本に。痛みはまったく感じない。それどころか、自分から腰を突き出してしまうほど気持ちがいい。内側から快楽の鉱脈を探り当てられ、たまらない。いくらでも快感が掘り起こされていく。

「もう大丈夫そうですね。すごく柔らかい。とろとろにほぐれてますよ。……沢渡さん。私が欲しいですか？」

「欲しい……」

早く欲しい。早く与えてくれ。まるで散々、餌を待たされた犬のように、強くそう思った。

「どれくらい欲しい？」

「すごく、欲しい。欲しくてたまらない。焦らさないで、早く……」

挿《い》れてくれ――。最後の言葉だけは心の中で呟いた。でも槙野は聞こえたのだろう。沢渡の腰を掴みながら、「ええ、もちろん挿れてあげますよ」と囁いた。

「ずっと待っていたんです。私のためにそうするんじゃなく、欲しくてたまらないと思い、あなたのほうから私を求めてくれる瞬間を。やっとその時が来た。腰を上げてください」

膝立ちになって尻を突き出すと、槙野のペニスがそこに押し当てられた。不安はなかった。あるのは高揚感と期待だけだ。

太い猛々しい欲望が入ってくる。指なんかより断然いい。開いた唇から甘ったるい声がこぼれる。自分の声とは思えないほど、恥ずかしい声だ。

「ああ、すごい。沢渡さんの中、なんて気持ちいいんだろう……」

根もとまで埋め込んだ状態で、槙野が感激したように感想を呟いた。嬉しいと思った。槙野を気持ちよくしてやれている。一緒に気持ちよくなっている。

槙野は繋《つな》がった部分にローションを継ぎ足し、ゆるやかな抽挿を開始した。突き上げる刺激も、引き抜く刺激も、どちらもたまらない。だからもっと激しく動いてほしくなる。

「はぁ、あ……、ん、槙野、いい、すごく、いい……」

「本当に？　本当にいいんですか？　どれくらいいいのか、教えてください」

槙野が嬉しそうな声で囁いてくる。快感に霞《かす》む頭で思った。俺が気持ちいいと槙野も嬉しいのだ。だったら教えてあげなければ。どんなにいいのか、伝えてやらないといけない。

「熱くて、ジンジンする。お前ので中で擦れるたび、気持ちいいのが、どんどん湧いてくる……。いくらでもいやらしい気持ちになる。だから、もっと突いてくれ……。気持ちいいんだ、お前のが、すごくよくて……」

「そんなエッチなこと言われたら、すぐ出てしまいますよ。……ねえ、沢渡さん。気持ちいいなら、自分で動いてみて？　俺の腰に、自分でお尻を擦りつけてください」

「自分で……？」

理性をどこかに置き忘れてきたらしい。沢渡は素直に頷き、槙野の言うままに自分で腰を動かし始めた。深々と突き刺さった槙野のペニスを、自分で動いて抜き差しする。最初はゆっくりだったが、いくらでも気持ちよくなるから止まらなくなった。結合部分からグチュグチュと濡れた音が響き、その音にまで興奮を煽られてしまう。

「あ、ん……っ、いい、槙野、いい、すごい……っ」

「私もいいですよ。すごくいい。初めてのアナルセックスだっていうのに、そんなに乱れるなんて、なんていやらしい人なんだろう。あなたに犯されているみたいでたまらない。……もう出ます。出していいですか？」

槙野は突然、沢渡の腰を摑んで動きを封じると、激しく責め立ててきた。槙野の限界を感じ、沢渡もどんどん高ぶっていく。頭の中が真っ白になって何も考えられない。このまま死んでしまうのではないかと思った。

「う……っ」

槙野の絞り出すような呻き声を聞いた瞬間、沢渡の快感はピークに達し、触られてもいないのにペニスが弾けた。

白濁が飛び散る。射精はすぐには終わらず、二度三度と途切れながら続いた。ようやく快感が治まった頃、沢渡の中に入ったままだった槙野が、自身を引き抜いた。

「はぁ。すごかったですね。沢渡さんがあんなにエッチな人だとは思わなかった」

満足そうに言って、槙野は隣に横たわった。

「俺、そんなにエッチだったか……？」

興奮していたのであまり自覚がない。槙野は「ええ、すごかったです」ときっぱり頷いた。

「最高ですよ。昼間は貞淑な淑女が、ベッドの中では淫らな娼婦って男の夢ですからね」

「あのな。俺は淑女でも娼婦でもない。変なこと言ってんな」

額をパチンと叩いたが槙野はニヤニヤするばかりなので、怒るのも馬鹿馬鹿しくなった。

沢渡たちの三角関係は、ひとまず落ち着くべき場所に落ち着いた。これで仕事に集中できると思いながら、翌日、沢渡は麻衣子が入院している病院を訪ねた。確認してもらう書類があったので、それを持参したのだ。

昨夜、ふたりはあれからまた身体を重ねた。盛りのついた犬みたいだと思ったが、大いに盛り上がってしまい、寝たのは明け方だった。おかげで今日は寝不足で頭が痛いし腰もだるい。

腰をさすりながら歩いていると、病院の建物が見えてきた。

「もう、カズくんたら、エッチー!」

すれ違ったカップルの女性が彼氏に何か言われたらしく、恥ずかしそうに笑った。その言葉で思い出した。——俺って、そんなにエッチなのか?

槙野が鼻の下を伸ばしながら、何度も「沢渡さん、エッチだなぁ」と言うので、心配になってきた。今まで淡泊だと思っていたのに、この年になって目覚めてしまったのだろうか。

色ぼけしないように気をつけようと思いながら、沢渡は病院の敷地に入った。

「ん?」

外来の正面玄関の前に不審な男がいた。ベースボールキャップを目深に被り、マスクをしている。マスク自体は花粉症の季節なので変ではないが、明らかに挙動がおかしい。病院の中を窺いながら、ひと目を避けるようにうつむき加減で前を行ったり来たりしている。

職質をかけるため男に近づいた。必ず何かあると思った。刑事の勘だ。

「すみません。ちょっといいですか。こういう者ですが」

警察手帳を見せた瞬間、男は明らかに怯《おび》えた。目だけしか出ていないので顔立ちはわからない。だがその目で気づいた。

「お前、沼田裕一だな?」

当たりだった。沼田は血相を変えて駆けだした。沢渡も猛ダッシュで追いかけた。だが寝不足と昨夜のやりすぎたセックスが祟って、思うようにスピードが出ない。必死で逃げる沼田の背中をにらみながら、沢渡は二度と朝までセックスしないと心に誓った。

「待て!　待たないかっ」

道路に出たところでどうにか追いつき、沼田を無事に取り押さえた。激しく息が切れ、今にも心臓が止まりそうだ。沼田は観念したのか、抵抗を止めた。どこかでマスクを落としたのか、顔が見えている。

「沼田裕一。十三時二分、傷害容疑で逮捕する」

沼田は胸を喘《あえ》がせながら、「すみませんでした」と頭を下げた。

「でも今日、自首するつもりでいたんです。その前に麻衣子に会いたくて……。直接会って謝りたくて、ここに来たんです。あんなことするつもりじゃなかったのに。本当に麻衣子に申し訳なくて……」

やつれた顔で悲しげに訴える姿を見て、本当のことを言っているのだろうと思った。沢渡は身体の前で両手に手錠をかけ、その上に自分の背広をかけた。

「いいか。五分だけだぞ」

「刑事さん……？」

病院に向かって歩きだした沢渡の意図を察し、沼田は信じられないという顔つきになった。

「いいんですか？」

「暴れたら、すぐ連れ出す」

「は、はい。暴れません。大人しくしています。だから、麻衣子に会わせてください……っ」

ばれたら訓告処分だ。減給覚悟で沢渡は沼田を病院内に連れていき、麻衣子の病室を訪ねた。

部屋には麻衣子と向井がいた。沢渡が突然、沼田を連れて入ってきたので、ふたりは声もなく驚いている。

「今、そこで逮捕しました。最後にどうしても麻衣子さんに会いたいと言うので、連れてきました。……沼田」

背中を押すと沼田はベッドに近づき、勢いよく頭を下げた。

「麻衣子、すまないっ。本当にごめんっ。怪我なんかさせるつもりはなかったんだ。向井もだ。

ついカッとなって自分を失って、あんなひどいことを……。許してくれ。俺が悪かった」

沼田は頭を下げたままで謝罪した。麻衣子は悲しそうな目で、「裕ちゃん」と呟いた。

「……本当に馬鹿だよ。あんなことして。人の気持ちはさ、一度変わっちゃったら、もう元には戻らないの。裕ちゃんが何したって無駄なんだよ。そんな無駄なことのために、人生を棒に振っちゃって、ホント大馬鹿だよ」

「麻衣ちゃん」

向井が遮ったが、麻衣子はやめなかった。

「私、本当に裕ちゃんが好きだったよ？　でもさ。私たち、途中から努力なんてしなくなったよね。半分、惰性でつき合ってた。恋愛感情ってさ、生き物なんだよ。ペットと同じでちゃんと可愛がって、餌を与えて、お世話してあげないと、すぐどっかに行っちゃうの。私たち、そうしなかった。大事に育てなかった。だから駄目になったんだよ。別れる前に向井くんを好きになったのは、いけないことかもしれないけど、私は謝らないよ。だって向井くんのことがなくったって、私たちもう駄目になってた。裕ちゃんはそれを認めたくなくて、全部、向井くんのせいにしただけ。違う？」

麻衣子は喋りながら泣いていた。涙をボロボロと流している。

「麻衣子……」

向井が口を挟んだ。

「違う。俺が一番悪いんだ。沼田がどれだけ麻衣ちゃんのことを好きか知っていたのに、麻衣ちゃんを奪ってしまった。友達の彼女を好きになった俺が悪い。すまない、沼田。全部、俺の責任だっ」

「向井……」

沼田はしばらく赤い目をした友人の顔を黙って見ていた。何を思っているのか沢渡にはわからない。わからないが決意してここに来たのだから、もう今さら責める気持ちはないのだろうと思った。

「……麻衣子。全部お前の言うとおりだ。俺たち、本当はもう終わっていたんだよな。認めたくなくて、全部向井のせいにした。向井はいい奴だ。俺の友達の中で、一番いい奴だ。だから、お前はきっとこれから幸せになれるよ。ふたりで幸せになってくれ。……向井。麻衣子のこと、頼むな」

沼田はもう話は終わったというように沢渡に合図した。沢渡は携帯を取り出し、署に沼田確保の連絡を入れた。電話には宇崎が出て、すぐに病院にパトカーを急行させると言った。

「行こうか」

「はい」

ふたりが病室を出て行こうとした時だった。

「裕ちゃん……！」

麻衣子が叫んだ。沼田は振り返らず、「元気でな」と言い残し病室を出た。

病院の外に出てパトカーを待つことにした。ベンチがあったので沼田を座らせ、沢渡も隣に腰かける。

「いい天気だな。空が青い」

「そうですね」

それきり会話は途絶えた。しばらくして、隣から鼻水を啜《すす》る音が聞こえてきた。沼田が肩を震わせて泣いている。

「……好きだったのに、なんであんなことしちゃったんだろう。誰も、誰も傷つけるつもりなんてなかったのに……っ」

やるせない気持ちになり、沢渡は煙草を口に咥えた。だが状況が状況なので火はつけない。呑気に煙草を吸っていて、万が一、沼田に逃げられでもしたら訓告処分では済まない。もっとも沼田が逃げだすことはないだろうが。

沼田の啜り泣く声を聞きながら、沢渡は煙草の代わりに春の暖かい空気を吸い込んだ。

好きだという気持ちは時に人を傷つける。本当は守りたいのに。大事にしたいのに。恋するエゴイストは泣きながら好きな人を傷つける。

経験が少ないので、恋とか愛とか難しいことはよくわからない。でもひとつだけわかっていることがあった。

愛とエゴは表裏一体だ。愛は時としてエゴになり暴走する。

でも、エゴから愛は生まれない。絶対に。

どこからともなくサイレンの音が近づいてくる。耳馴染みのあるその音を聞きながら、沢渡は短い髪をひと撫でした。そしてよく晴れた青空を見上げながら思った。

——恋って本当に面倒くせぇ。


「まずは乾杯しましょう、ほら乾杯」

槙野がグラスをぐいぐい近づけてくる。今夜はやけにテンションが高い。沢渡の部屋に入ってきた時からそうだ。

「わかったわかった。はい、乾杯な」

適当にあしらって、ビールを飲んだ。よく冷えていて、喉がきりきりと引き締まる。テーブルの上には沢渡の手料理が並んでいる。夕方、『帰りに寄るので、何か食べさせてください』というメールが届いたので、夕食をつくって槙野を待っていたのだ。

「ぷはー。うまい」

「泡、ついてますよ」

槙野の手が伸びてきて、指で唇を拭《ぬぐ》われた。槙野は泡がついた指をペロッと舐めた。恥ずかしい奴だ。お前は新婚ほやほやの嫁さんか、と言いそうになったが、楽しそうな顔を見ると、まあいいか、と思えた。

今日はダブルでめでたい日だ。沢渡は沼田を逮捕したし、槙野が指揮を執っていた捜査本部の殺人事件も無事に解決した。ロビーのテレビで槙野の記者会見を見ていたが、どこの二枚目俳優だと思うほどテレビ映りがよかった。本当に格好いい男は得だ。

しかし残念ながら、昨夜、沢渡に殴られたせいで頬に薄い痣ができていた。晴れの舞台にケチをつけて申し訳ないと思い、テレビの中で喋る槙野に対して謝った。

「でもすごいですよね、沢渡さん。ひとりで犯人を逮捕しちゃうなんて。ドラマに出てくる敏腕刑事みたいです。格好いいなぁ」

「たまたま容疑者と出くわしたから逮捕できたんだ。運が良かっただけだよ」

「たまたまだなんてまたまたご謙遜を。はい、お代わりどうぞ」

少しビールが減っただけで、すぐに注いでくる。今夜の槙野は本当にご機嫌だ。

料理を食べ始めた時、チャイムが鳴った。こんな時間に誰だろうと思いながらインターホンで対応に出ると、相手は藤本だった。

「……急に来てすまない。少しだけ話せるか？　話せるなら玄関先で会ってくれ」

突然の訪問に驚いたが、会いに来てくれたのは嬉しかった。もう二度と会ってくれないのではないかと心配だったのだ。

インターホンの受話器を戻して「藤本が来た」と告げると、槙野のゆるんだ顔が一気に引き締まった。

「玄関先でいいから会いたいって。ちょっと待っててくれないか」

槙野は物言いたげな目で沢渡を見ていたが、頷いただけで何も言わなかった。リビングのドアを閉めて玄関のドアを開けると、スーツ姿の藤本が立っていた。手に鞄を持っているので仕事帰りのようだ。

「いきなり悪いな。本当にすぐ帰るから。……昨夜はすまなかった。本当に申し訳ない」

藤本は深く頭を下げた。そんな真似はしなくていいと言いたかったが、藤本は謝罪しに来たのだから、遮っては邪魔をすることになると思い、黙って見守った。

長く頭を下げていた藤本は、顔を上げると開口一番、「本当にどうかしてた」と言った。

「反省なんて言葉じゃ全然足りない。お前にあんな真似をしたこともだけど、槙野に対してもだ。お前が言ったように、上司風を吹かしてあいつにいろいろ命令してしまった。俺は槙野を可愛がっていたから、裏切られたのが許せなくて、完全に冷静さを失っていた。本当は裏切りとか、そんな話じゃなかったのにな」

　藤本は自嘲の笑みを浮かべ、自分の足もとに目をやった。

「槙野には確かに言ったんだ。沢渡とはずっと友人でいる。仲直りできたからこそ、あいつとの友情を大事にしたい。……そう決めたはずだったのに、結局、俺は取り返しのつかないことをしてしまった。もう俺のことなんか嫌いになっただろうけど、愛想を尽かしただろうけど、こんな形でお前を失ってしまうのは辛い。自業自得とはいえ、どうしようもなく辛い」

　うつむいていた藤本は意を決したように顔を上げ、沢渡を見つめた。

「沢渡。もし、お前さえ許してくれるなら、これからも友達としてつき合っていきたい。厚かましい頼みなのは重々承知だ。俺が自分で関係を駄目にしたんだからな。でもやっぱりお前は俺にとって、かけがえのない友人なんだ。すぐには無理でも、またいつかふたりでうまい酒を酌み交わしたい。心からそう願っている」

　藤本が黙る。沢渡はどう言おうかと考えながら、手で頭を撫でた。

「俺もだ。俺も願ってるよ。お前とまた飲んで、くだらないことを言って笑い合える日が来るのを」

そう言って笑いかけると、藤本の目が潤んだ。

「沢渡……」

すぐには無理かもしれない。当分は気まずいだろうし、お互いに相手の言動に敏感になりすぎて、きっと何を話すのにも神経を使い、一緒に酒を飲んでもうまいと感じられないはずだ。だからもう少し時間が過ぎて、あの時は悪かったな、と笑って言えるようになったら、またふたりで飲みたいと思った。

「藤本。お前は俺の自慢の親友だ。これまでも、これからもずっと」

恋人になれなかったけど、親友はお前ひとりだけだ。心の中でそうつけ足した。目を赤くした藤本は「ありがとう」と無理矢理のように笑い、帰っていった。

遠ざかっていく足音を聞きながら、やっぱり藤本はすごい奴だと思った。会いに来るのに、どれだけの勇気がいっただろうか。自分が藤本なら、逃げていたと思う。

玄関のドアを閉めて振り返ったら、槙野が立っていた。

「すみません。盗み聞きしてました」

「してると思ったよ」

笑って言い返す。リビングに戻って食事を再開した。

「……いいもんですね。親友って」

ビールを飲みながら、槙野がそんなことを言いだした。

「私には親友がいません。学生時代の友人はうわべだけの関係だったし、同期はみんなライバルですし。そう思うとすごく寂しい人生ですよね」

エリートになるべく育てられ、挫折も知らずにここまで来たのだろう。そんな男が親友のいないことを寂しがっている。

「親友はいなくても、俺っていう恋人がいるだろう」

冗談交じりに言ってやる。そこは苦笑してほしかったのに、槙野は「そうですよねっ」と急に表情を明るくした。

「私には沢渡さんという素敵な恋人がいる。親友が百人いるより素晴らしいことです」

「馬鹿。百人もいたら、それはもう親友じゃないだろ」

「まあ、そうですけど。……あ、そうだ。ジャッキーの映画、借りてきましたよ。あとで一緒に観ましょう」

ジャッキー？　いきなりどうしてと思ったが、五秒くらい考えて気づいた。前に好きな俳優は誰かと聞かれて、ジャッキー・チェンだと答えた。そのことを槙野は覚えていたのだ。

あんな嘘を信じて、わざわざレンタルしてきてくれたのかと思ったら、嬉しくて胸が妙な具合に熱くなった。些細なことだがこういう小さな出来事の積み重ねによって、ふたりの関係は深まっていくのだろう。

「そうか。俺が言ったこと、覚えていてくれたのか。嬉しいよ。ありがとな」

礼を言って槙野のグラスを満たしてやる。うまそうにビールを飲む若い警視の顔を眺めながら、不思議だよな、と考えた。

槙野は自分のどこに惚れたのだろう。そして自分は槙野のどの部分に惹かれたのだろう。もちろん好意を感じるポイントを数え上げることはできる。でもその部分だけがすべてではないように思うのだ。

言葉では説明のつかない気持ち。それが走りだして恋になった。そして恋をしたせいで、エゴイストになった。そんな自分も嫌いではないから面白い。

「なあ、槙野」

「はい？」

「お前、俺に聞いただろ。無人島に流されるなら、自分と藤本のどちらを選ぶって。あの時は心の中で藤本かなって思ったけど、今、同じ質問をされたら、お前だって答えるよ」

槙野は不思議そうな顔で、「どうして答えが変わったんですか？」と質問した。

頭のいい男なんだから、そこは敏感に見抜けよと思い、テーブルの下で槙野の長い足を蹴飛ばした。

「決まってるだろ。好きだって思う気持ちが、あの時より増えたからだよ」

槙野は嬉しそうに眼鏡の奥の目を細めた。クリスマスプレゼントをもらった子供みたいな顔をしている。自分だけに見せる顔だと思ったら、胸がキュンと高鳴った。

相手が笑ったくらいでドキドキしちゃってさ。

本当、恋って面倒くせぇ。

でも悪くない。全然悪くない。

今、恋しているからこそ、そう思う。

あとがき

キャラ文庫さんからはお久しぶりの英田《あいだ》です。前作が「アウトフェイス」だったので、一年以上も間が空いてしまいました。

表題作の「欺かれた男」は雑誌掲載作でして、なんと二〇〇六年の作品です。もう八年も前ですね。初めてキャラさんでお仕事させていただいた思い出の作品でもあります。文庫化にあたって細かい部分に手を入れましたが、内容はほぼ掲載当時のままです。

これほど時間が過ぎてから続編を書くのは恐らく初めての経験で、書き下ろしの「エゴイストの憂鬱」を執筆していると、止まっていた登場人物たちの時間が再びするすると流れていくようで、すごく不思議な感じがしました。なかなか面白い体験でした。

沢渡《さわたり》の性格が淡泊なせいか、大恋愛！　ラブ最高潮！　みたいなお話にはなりませんでしたが（それはいつもですね）、不器用ながらも可愛い受けで書いていてとても楽しかったです。

逆に槙野《まきの》は話の展開のせいもあって、ちょっといいとこナシな感じで、魅力的に書いてあげられなくてごめんね、と反省。本当はもっとねちっこいエッチをする男なんですよっ（多分）。

電子書籍のＷＥＢマガジン「Char@《キャラット》 VOL.9」に、沢渡と槙野のショートを書かせていただきました。こちらは槙野視点です。沢渡さん大好き男がデレデレのろけておりますので、ご興味を持たれた方はぜひ読んでやって下さい。詳細はキャラさんの公式サイトでご確認ください。

雑誌掲載時はサクラサクヤ先生が素敵な挿絵を描いてくださいましたが、文庫では乃一《のいち》ミクロ先生にお世話になりました。乃一先生、イメージぴったりの沢渡と槙野をありがとうございました！　短髪の受けキャラを描くのって難しいのではないかと思いますが、すごく格好よくて、でも可愛さと色気もあって、いただいた絵を見ながら何度もニヤニヤしてしまいました。

担当さま。今回もまたご迷惑をおかけして本当に申し訳ありません。もっと早く書けたら……と、己の不甲斐なさを噛みしめています。またこの本の制作販売に携わってくださったすべての皆さまにも、深くお礼を申し上げます。ありがとうございました。

今年で作家生活も十年になります。この本は四十九冊目の作品ですが、一日違いで他社さんからも本が出るので、ほぼ同時に五十冊目も店頭に並びます。五十冊もの本が出せたのは、ひとえに本を買ってくださる読者の皆さまのおかげです。本当にありがとうございます。

未熟な書き手ですが精進して参りますので、これからもどうぞよろしくお願いいたします。

二〇一四年二月　　英田サキ

この本を読んでのご意見、ご感想を編集部までお寄せください。

《あて先》〒105－8055　東京都港区芝大門2－2－1　徳間書店　キャラ編集部気付
「欺かれた男」係

■初出一覧
欺かれた男……小説Chara vol.15(2007年1月号増刊)
エゴイストの憂鬱……書き下ろし

Chara

欺かれた男……【キャラ文庫】

2014年2月28日　初刷

著者　英田サキ
発行者　川田　修
発行所　株式会社徳間書店
〒105-8055　東京都港区芝大門2-2-1
電話048-451-5960(販売部)
03-5403-4348(編集部)
振替00140-0-44392

印刷・製本　図書印刷株式会社
カバー・口絵　近代美術株式会社
デザイン　能勢陽子（バナナグローブスタジオ）

ISBN978-4-19-900740-8